구보 박태원의 시와 시론

구보 박태원의 시와 시론

곽효환 편저

근대 문학의 거장 구보 박태원의 새로운 면모를 접하게 된 것은 2009년도 탄생 100주년 문학인 기념문학제를 준비하면서였다. 1909년에 태어나 우리 근대문학에 뚜렷한 족적을 남긴 김내성, 김환태, 모윤숙, 박태원, 신석초, 안회남, 이원조, 현덕 등의 문학인들을 살피는데 단연 구보 박태원이 눈에 띄었다. 어쩌면 「소설가 구보씨의 일일」『천변풍경』 등의 작품을 통해 문학의 형식적 특질과 기법의 새로움에 의미부여하며 다양한 실험을 함으로써 근대 모더니즘 소설의 꽃을 만개시킨 그를 주목하는 것은 당연했다.

그해 이른 봄 무렵, 구보 박태원의 장남 박일영, 차남 박재영 두 분을 만나며 지금까지 알지 못했던 혹은 알려지지 않은 구보의 낯선 면모를 발견하였다. 두 분이 가져온 여러 자료 가운데 한동안 시선을 뗄 수 없었던 것은 구보가 발표한 시들을 모아놓은 자료뭉치였다. 대표적인 근대 모더니즘 소설가로만 알려졌던 구보 박태원이 시를 발표했었다는 것이 흥미롭기도 했지만 그보다는 그가 소설가이기 이전에 시인이었다는 점, 다시 말해서 그의 문학적 출발이 시에 있었다는 사실에 한동안

말을 이을 수가 없었다.

구보는 1925년 9월 7일자 〈조선일보〉에 시 「할미꽃」을 발표하며 지면에 시를 처음 선보였고 이듬해인 1926년 3월 『조선문단』에 시 「누님」이 당선됨으로써 불과 17세의 나이에 공식적으로 문단에 데뷔한 것이다. 그리고 그 배경에는 당대 최고의 문인이라 할 춘원 이광수가 있었다는 사실도 새롭고 신기했다. "내가 춘원선생의 문을 두드린 것은 아마 소화 2년인가, 3년 경의 일이었던가 싶다. 두 번짼가 세 번째 찾아뵈었을 때 나는 두어 편의 소설과 백여 편의 서정시를 댁에 두고 왔다. 그중 수 편의 시와 한 편의 소설이 동아일보 지상에 발표되었다"고 산문 「춘향전 탐독은 이미 취학이전」(『문장』, 1940. 2.)에 밝히고 있듯이 그는 이미 십대 후반에 1백여 편 이상의 시를 왕성하게 창작한 문학청년이었고 춘원에 의해 여러 지면에 시를 발표한 것이다. 그후로 본격적인 소설가의 길로 접어들기까지 구보는 몇 년 동안 꾸준히 시를 발표하였다.

하지만 구보가 춘원에게 건넸다는 백여 편의 시와 그후로 구보가 썼을 것으로 생각되는 시편들 가운데 남아있는 것은 지면에 공식적으로 발표된 19편이 전부이다. 그의 시를 19편밖에 찾을 수 없다는 아쉬움은 나중에 든 소회이고 유족들로부터 구보의 시를 건네받던 그날 너무 흥분한 나머지 나는 덥석 지키기 어려운 약속을 하고 말았다. 시인으로서의 구보의 면모와 구보의 시세계를 연구해서 공론화하겠다고 호언했고 구보의 두 아드님도 흔쾌히 그래달라고 맞장구를 침으로써 약속이 이루어진 것이다.

기세 좋은 호언과는 달리 이 약속은 직장에 매여 있으면서 시창작과 연구를 병행하는 내 처지를 감안하면 지키기 힘든 것이었다. 실제로 이듬해인 2010년에 가을이 되어서야 한국현대문예비평학회로부터 의뢰

받은 학술발표를 계기 삼아 「구보 박태원의 시(詩) 연구」라는 논문을 발표함으로써 어렵게 지킬 수 있었다. 소설가가 아닌 시인으로서의 구보의 면모와 그의 시세계 그리고 그의 시론을 살핀 졸고는 기대 밖으로 많은 분들의 관심과 격려를 받게 되었고 마침내 구보의 시와 시론 등을 한데 묶은 한권의 책을 내기까지 이르게 되었다.

이 책은 단지 한국 근대문학을 풍미한 큰 소설가 구보 박태원의 새로운 면모를 살핀다는 새로움 차원의 의미를 갖는데 그치지는 않는다. 한 시인이나 소설가의 초기작이 그의 문학적 방향이나 지향점을 인식하고 작품세계를 이해하는데 중요한 조타 기능을 하는 경우가 종종 있음을 생각해 볼 때 박태원의 문학적 출발점인 시와 시론을 살핌으로써 그의 초기 문학적 인식과 방향성을 이해하고 더 나아가 박태원의 문학적 인식과 흐름을 총체적으로 새롭게 이해할 수 있다는 면에서 중요한 시사점을 갖는다. 특히 구보의 시가 호사적인 취미나 장식품으로 쓰여진 것이 아니라 상당히 진지한 시론을 가지고 있었으며 그것을 바탕으로 상당량 제작되었다는 점에서 더욱 그렇다. 따라서 그동안 구보 박태원의 문학세계를 논하는데 있어 간과되었던 시와 시론을 그의 문학세계 전체에 넣어서 조망함으로써 더 크고 새롭게 구보의 문학세계를 조망할 수 있는 틀을 확보할 수 있을 것으로 기대한다.

이 책은 총 3부와 부록으로 구성하였다. 1부는 구보의 시 19편 전편을 수록하였고 2부에는 구보의 시에 대한 생각과 시론 등을 담은 산문들을 모았다. 3부 「진과 미와 열을 아로새긴 성명(性命)의 시 ─구보 박태원의 시(詩)연구」에서는 구보의 시론을 정리하고 이에 입각해서 그의 시 19편 전편 분석하고 그 문학적 의의를 정리하였다. 부록에서는 구보의 생애

연보와 작품연보 및 연구 서지를 정리하였다. 여기에 더하여 구보의 장남 팔보 박일영 선생이 자신과 가족 친지의 기억을 종합하고 직접 북을 방문하는 등의 검증을 거쳐 집필한 「구보, 남조선문학가동맹 평양시찰단 일원으로 북에 가다」를 실었다. 이 글은 한국전쟁이 난 1950년 구보와 가족들에게 일어난 일들과 구보가 북을 택할 수밖에 없었던 상황을 생생하게 담고 있을 뿐만 아니라 순수문학진영을 대표한 당대의 모더니스트 박태원이 북으로 가게 된 경위를 이해할 수 있게 해준다는 면에서 귀한 자료라 하지 않을 수 없다.

이 책이 나오기까지는 주위의 여러분들께 많은 신세를 졌다. 처음 만남에서 선뜻 구보의 시와 관련 자료를 건네주고 논문과 책이 나오기까지 성원을 아끼지 않으신 박일영, 재영 구보의 두 아드님께 머리 숙여 감사드린다. 그리고 책이 나올 수 있도록 많은 조언을 해주신 전기철, 맹문재 선생과 흔쾌히 출판을 맡아주신 한봉숙 사장님, 그리고 편집과 교정에 꼼꼼하게 힘을 기울여 주신 푸른사상 편집부 여러분의 노고에 대한 고마움도 빠뜨릴 수 없다. 무엇보다 분주한 직장생활과 함께 힘에 부치는 시창작과 연구 등으로 바깥으로만 도는데도 불구하고 항상 든든한 힘이 되어주는 가족들에게 고마움을 전한다.

2011년 가을
광화문에서 곽효환(郭孝桓)

제1부 구보 박태원의 시

제2부 구보 박태원의 시에 관한 산문

제3부 구보 박태원의 시와 시론 해설

부 록

구보 박태원의 시

할미꼿

朴泰遠

나는들로다니며
꼿을차젓다
님일흔이내몸의
알만는꼿을

붉은薔薇百合
『코스모스』는
녯적의이내몸에
만는꼿이나

님일흔이내몸에
알만는곳은
건너벌판할미꼿
그거로구려으!

(一九二五. 七. 一三.) / 〈조선일보〉, 1925. 9. 7.

누님

朴泰遠

홰를치며쟈진닭이
세번을재가신누님
초생달이재넘을제
쏙오마고하시드니
보름지나금음돼도
가신누님안오시네

우리누님나주고간
괴불주머니속에를
세번이나세배돈이
들어가도안오시네
주머니의수논복사
썰어저도안오시네

강남제비왓길래로
누님소식뭇잿더니
쑥썰치고가는것은
발아지도안는박씨
뒷동산에고히심어
덩굴저도안오시네

(一九二五. 五. 二二.) / 『조선문단』 3권 1호, 1926. 3.

써나기前

朴泰遠

아참이면써나는 그대가미워
새벽녁헤時計를 덜보냇노라。

그러나車놋치고 그대怒하면
이내마음얼마나 압흘가하고,

다시時計바눌을 돌려노코서
그대와등저누어 눈물젓노라。

『新民』2권 12호, 1926. 12.

아들의불으는노래

朴泰遠

저녁녁혜 자리에누어 감안히듯노라면,
대문을나서, 窓압흘지나, 차차로히슬어지는,
오! 아버님의집행이ㅅ소리。

집행이ㅅ소리, 그소리, 외로운소리。
마ー치 외로운섬에서 홀로듯는
갈매기의울음이나 갓치……

대문이「쎄걱」하자, 뒤ㅅ니어들니는
외로운소리, 그소리, 집행이ㅅ소리。
아버님ㅅ발소래는 임의멀리살아저도,
섿일길업는 집행이ㅅ소리만은
아즉도 은은히………………

그소리가 넘우나외로웁다고,
　　넘우나쓸쓸하다고,
자리를쓰고누어 눈물지우는「나」。

오! 석자기리 집행이의
한업슨 슯흠이여!

(一九二六. 八. 七.) / 『現代評論』 1권 4호, 1927. 5.

힘 -싀골에서-

朴泰遠

…… 아버지죽은날, 어린아달의 노래한 ……

아버지 누어잇든자리에
남어잇는 銅錢한닙。
헛간에 광이는 덧업시서잇다。
나는조고만 내손을본다。

(一九二六. 八. 七.) / 『現代評論』 1권 4호, 1927. 5.

외로움

泊太苑

가만히 앉아 있노라면

창밧 천변길에 집으로 돌아가는이의

발소리가 들립니다, 휘파람 소리가 들립니다.

그소리 들릴때 마다

나도 어대로 갈데나 있는듯하여

더좋은 더따뜻한 정말 내집이 다른데 또 있는것도 같하야

공연히 깃버서는 서성거리다

자리에 누어서도 그리웁니다.

(一九二九. 一一. 一三.) / 『신생』 2권 12호, 1929. 12.

窓

泊太苑

언제든귀엽은해ㅅ비치날름거리는곳
그대여!그리로내여다보시오
그곳으로는각금美人이지나갑니다
새날개의 가벼야운바람도잇습니다
얼토당토안케스리 꼿닙이 째째로날라드러오는일도잇습니다

그러나그대여!
窓밧그로 고개를내밀어 밧가틀보아서는아니됩니다
그대가 이공연한好奇心에征服이될째
美人은업고 새는날지안코
꼿닙은지지안코
푸른한울의아름다운風景은자최를감춥니다

그대에게 이異常한風景을보는方法을 가르켜줄수잇는나연만
아지못할 긔운에잇끌리어
내어다본까닭에
나는다시美人을보고 새그림자를닛고
꼿자최를다시차질수업게되엇나이다
(一九二九. 五. 三〇.) / 〈東亞日報〉, 1930. 1. 17.

수수꺽기

泊太苑

담배가맛이업을째에
愛人에게쓰는便紙의
말句節을生覺하야서는아니됩니다

다만ー
커다러코둥그러케한방운쌀간잉크를썰어트리고
나는요사이갑작이
당신이실혀젓습니다고……

커다라케하펌을하지요

(一九二九. 五. 三〇.) / 〈東亞日報〉, 1930. 1. 19.

失題

泊太苑

젊은사람들
모든바람에 자긔의목숨을바치는사람들－그들의몸과마음이 아름다
웁다는것은
그들의목숨이 그들의바람이
明日의것인까닭

그대여!
그대도나도 이제스물하나
젊고아름다워야만할 그대와 나의머리를두드릴째 그속에서
웨昨日의音響이새여나
비록明日의것으로할수업다하드라도
그대여!어써케든지하야今日의것으로라도합시다

(一九二九. 五. 三〇.) / 〈東亞日報〉, 1930. 1. 22.

한길

泊太苑

뒤에서 누가 작고매질합니다

아프로 나가라고 매질합니다

갈길은두갈래길죽엄길과쏘한길

일흠 모를그길이 죽음길보다

더괴로운 길인줄야 아지요만은

그래도 이한나라 백성이라고

매질보다 앞서서 가노랍니다

한마음 굿게먹고 가노랍니다

(一九二九. 一二. 二六.) / 〈東亞日報〉, 1930. 1. 23.

동모에게

泊太苑

누구라 스무해를 짧다하오리
代물린 묵어운짓 등에지고서
예는길 괴로워라 참괴로워라

산넘고 물을건너 가고쏘가도
언제든 머나먼길 오즉이한길
괴롬말고 몸둘곳 바이업서라

괴롬말고 몸둘곳 업는줄알며
동모야 맘傷하는 네가우습네
눈물한숨 거두고 마조안자서
위선 노래한머리 가티부르세

(一九三〇. 一. 二一.) / 〈東亞日報〉, 1930. 1. 24.

동모에게

泊太苑

큰힘을 그리우며 쏘 밋는 마음
일흠모를 깃븜이 내게 잇스니
차자오는 벗 업서도 외롭지 안네

갈길은 하도 멀고 할일 만흐니
남의是非 알안곳할 겨를 잇스리

동모야 오늘도 거리에 나가
이한날을 힘잇게 살고 오세나

(一九三〇. 一. 二一.) / 〈東亞日報〉, 1930. 1. 26.

휘파람

泊太苑

一

오늘 쏘 나는 집을 나섯네
어대라 갈곳은 업지만 서도

외로운 몸이리 거리ㄹ 헤맷네
헤맨다 슬어질 설음 아니지만도

二

오늘 쏘 나는 노래 불럿네
누구라 듯는이는 업지만 서도

창을 열어젯기고 노래 불럿네
그래도 행혀 누가 들어줄가고

〈東亞日報〉, 1930. 1. 28.

泊太苑

小曲

산이 나는 조터라
들도 조터라。

놉직한 바위 위에
잔듸밧 위에

배대고 누어서는
피리 분다네。

〈東亞日報〉, 1930. 2. 2.

異國億兄

夢甫

형과 모습 같다 고
말해 준 이 그리워

서스녁 하늘 비을제
거울 대하는 마음

『新生』 4권 2호, 1931. 2.

가을바람

夢甫

오동나무 닢새 모다
떨어 지소라 −

어버이 없는 이 의
조고만 얼굴。

『新生』 4권 2호, 1931. 2.

가을마음

夢甫

귀뚜람이 안들어도
가을 온줄 아옵네

주인ㅅ집 딸의 눈에
사람 그리우는 빛。

『新生』4권 2호, 1931. 2.

綠陰

朴泰遠

솔숲을 헤치고 잔듸를 지나
끊일듯 끊이잖고 이 한길
다시 숲속을 찾어드네
피로한 나그네
　　쉬염 쉬염 지나는 길일네
마을의 처녀
　　물동이 니고 지나는 길일네

　(하날에 별은 딱업고
　매암이 울음 졸리운 시절, 六月)

거리에 시달린몸 이끌어
동무야 나 딸어 오게나
나무 그늘에 몸덯어
잔디 우으를 딩굴면

매암이 울음
　　새롭게 귀에 맑으니
휘파람소리
　　푸른 하날에 절로 높으이

숲속을 헤치고 잔듸를 지나
끈힐듯 끊이잖고
다시 숲속에 드는 길
매암이 날어가고
휘파람 지치여
가만한 바람에 팔괴여 잠들면

소리도 업시 이 길을 지나거니……
아! 첫여름의 대낮.

(一九三三年) / 『新東亞』 3권 6호, 1933. 6.

病院

朴泰遠

아픕니다.
모두들 아픕니다.
모두들 너무나 아픕니다.

웨이리 우중충하고 또 凶합니까.
마음은 어둡고 답답합니다.

그래도 한줄기 빛이 가만이 새여드는듯싶어, 나는 이廊下의 아득히
머언 저끝까지 가봅니다.
그러나 길은 그곳에 끊지고, 白灰칠한 유리박이 또어에는 거의 녹쓸
은 자믈쇠가 채어 있읍니다.
或是 내게 「열쇠」라도 있었이면……
그러나 設或 내가 그리로 나갈수 있었더라도 내가 볼수있었든 것은
究竟, 汚物이 넘처담긴 쓰러기桶과 또 모양없는 두어구루雜木에지나지
않었으리라斟酌합니다.

2. 病者

廊下 兩옆에띠엄띠엄 놓여 잇는 長椅子우에 그렇게도 아퍼 풀이죽은
病者들의 그 쪼그리고 앉었는樣이 애닯고 또 不潔합니다.
그네들의 힘없는 눈은 끊임 없이 그네들의 아픔을 하소연하고 間或

입을 열어 그네들의 곁에 사람과 말을 건넬때 그네들의 말소리는 그렇
게도 힘없이 또 힘 있을수 없이 아픈 이야기 마디마디에 그네들은 서로
한숨짓고 서로 가엾어하고 그리고 또 서로 아퍼합니다.

3. 看護婦

문득 나는 눈을 들어 봅니다.

層階를 나려온 看護婦 두名이 어깨를 가즈런히 하고 이리로 옵니다.

몸에 걸친 「수수레」가 — (아마 手術衣라는것을 뜻함일까요. 어느 안악
네가 그리 말하는 것을 나는 들었읍니다) — 그 「수수레」가 무던이나 깨
끗합니다.

뒤통수에 달린 「샤포」가 귀엽습니다.

또 부지런히 닦어 신는 고 맵씨있는 白구두……

그들은 爲先 젊었고 또 더러 어여뻤고 그래 그들은 이 陰鬱한 建築物
안에서도 기쁨과 자랑과 아마는 光名까지를 갖는가 봅니다.

그러나 사랑스러운 또 철없는 아가씨들.

부대 아픈이들 앞에서 그대들의 걸음을 조심하고 또 그대들의 말과
웃음을 삼가시요.

아퍼 우는이에게 그대의 걸음거리는 그렇게 힘차고 그대들의 兩블은
그렇게도 健康하오.

4. 注意

아픈 이들의 健康말고 또 무슨 다른것을 貪내겠읍니까.

또 貪낼수 있도록 마음이 閑暇하겠읍니까.

設或 아프지 않은 이기로서니 아픈 이들의 지닌것을 貪내도록 廉恥없을수 있겠읍니까.

그러나 삶은 어렵고 人心은 薄한듯싶어 바람壁에 붙은 종이에는

[盜難당할 念慮가 있으니 가지신 物件은 제 各其 간수하시오]

5. 病室

웨 壁은 그렇게 멋없이 허얘야만 하고 그 허연 壁우에는 그림 한장 붙지 않어야만 하고 기둥은 또 기둥대로 펭키漆이 헌데같이 벨겨진채 언제든 그 낡은 寒暖計를 달고 있어야만 합니까.

아픈이들은 곧잘 눈을 들어 그위를 더듬습니다.

무엇을 찾어─勿論 그것은 아무도 두려움건댄 아픈이 自身도 모를것입니다.

그러나 암만을 되푸리 더듬어도 그 壁우에는 季節에 벗어난 파리도 앉는일 없이 그대로 멀거니 허옇길래 아픈 이의 마음은 좀 더 어둡습니다.

그는 다시 줄곳 없는 눈을 힘없이 감고 밤이 깊으면 곧잘 이제까지 몇번이든 이 房을 찾었을 죽엄의 그림자에 가만이 몸서리칩니다.

그러나 盲腸炎의 手術은 뒷經過도 좋게 이제 來日부터는 米飲을 먹고
窓밖에 봄이 채 오기前 多幸하게도 健康은 좀더 빨리 아픈 이를 찾을듯
도 합니다.

(乙亥一月) / 『가톨릭청년』 3권 2호, 1935. 2.

제2부
구보 박태원의 시에 관한 산문

『默想錄』을 읽고

默想錄은 讀者가 아는 바와 가치 『朝鮮文壇』 第二號부터 第六號까지 에 실린 春園의 詩叢이다.

임의 一年이나 지난 터이라 或은 讀者의 腦裏에서 默想錄 석字나마도 써나버렷는지도 몰으겟으나 나는 참된 노래가 그냥 슬어저 버리는 게 참을 수 업게 악가운 까닭에 이제 拙劣한 붓을 든 것이다.

나는 小說家의 詩에 對하야 만흔 興味를 가지고 잇다. 그것은 내가 小 說家의 詩를 그들의 餘技로 생각하고 잇는 一般 詩文 鑑賞者들에게 對 한 한 적은 反抗도 아모것도 아니다. 眞實로 그것은 내가 째째로 小說 家의 詩에서 詩를 本領으로 삼고 잇는 詩人의 詩보다도 眞美熱(이것은 참된 노래의 三要素라 할 수 잇겟지)을 갓춘 아름다운 속살거림과 沈痛 한 부르지짐을 들을 수 잇는 까닭이다. 그러나 以上은 日本이나 其他 外國作家에 對하여서다. 朝鮮엔 아즉도 그러한 作家를 못 보앗다. 그러 든 차에 나는 한 해 前 『朝鮮文壇』에서 「默想錄」을 發見하엿다. 發見한 째에 깁붐은 이루 말할 길이 업섯다. 나는 春園에게 만흔 感謝를 올렷다. 確實히 小說家의 春園은 그 一面 참된 詩人이다.

　勿論 그야 詩人의 그것만큼 技巧도 업고 美句도 몰은다. 人情의 幾微에 抵觸되는 微妙한 感情을 表現하려 함에도 春園은 比較的 粗雜한―（엇더한 것은 非詩的 句라고까지 할 만한）― 句를 썻다. 그러나 그러함에도 不拘하고 묵직한 무엇을 우리에게 주는 것은 確實히 그의 詩가 참된 것인 까닭일 것이다. 아즉 읽어보지 못한 이들을 위하야 數 篇을 抄錄하여 나의 感想을 적으려 한다.

舍監

寄宿舍의 모든 房에 불들은 써지었다.
工夫에 疲困한 아희들은 니불ㅅ 속에서
아직도 算術問題를 생각하고 잇다
더러는― 벌서 잠이 들엇다.

나는 舍監의 燈불을 들고
발ㅅ소리 안 나게 모든 房을 돌어야 한다
或 房門이 열리지나 아니하엿나
니불을 차던지지나 안엇나
귀여운 아들들아 딸들아!
꿈이라도 平安하게 잘들 자거라
寡婦와 가튼 너희 朝鮮이
너희들밧게 무엇을 바라랴 아희들아

나는 새벽종을 친다 아희들아

애처러운 너의들의 단잠을 째오거니와

닐어나거라 닐어나 하로의 힘을 쏘 길우자

寡婦와 갓흔 朝鮮이 너희를 부르나니

아아! 얼마나 幼稚한 表現이냐. 그리고 얼마나 熱과 誠意가 쏙쏙 떨어지는 참된 노래이냐.

第二聯에서 우리도 春園의 마음속의 숨監의 눈물겨운 悲哀의 속삭임을 엿들을 수가 잇다. 第三聯에 쑴이라도 平安하게 잘들 자거라와 갓흔 것은 春園은 泰然히 붓을 들어 썻슬른지도 몰으지만 숨監은 응당 씃업는 한숨을 지엿슬 것이다.

넘우나 單純하다. 이 單純한 것이 春園의 詩의 生命이며 一般 小說家의 詩(참된 詩만)의 生命이다. 그는 滔滔한 물결의 纖細한 曲線을 몰은다. 바위에 부듸치며 배를 뒤업고 하는 굵은 曲線의 雄壯한 風浪만이 그의 詩의 全生命이다.

이것이 조흔 것이다.

벗(J선생을 생각하고)

벗은 먼곳에 잇다

五千里나 되는 먼곳에

가난하고 병든 몸이

애타는 쯧을 품고

얼마나 괴로워하나

나는 고개를 들어

책상머리에 노힌 그의 사진을 본다

여윈 얼골과

싯업는 나라 사랑에 싯업는 수심에

잡힌 니마의 주름을 보고 운다

날이 치워지는고나

두터운 옷이 업는 줄을 아는 나는

北韓의 찬바람을 보고 우노라

마는 벗아 내 눈물이 무엇하리

부질업는 줄 알건마는 하염업시도 우노라

入山하는 벗을 보내 보소

그대들은

산으로 가는고나!

싯그러운 세상을 버리고 깁히 깁히

산으로 가는고나! 산으로 가는고나!

산중에 새벽종 울 째

부흥새 황혼에 슬피 울 째에

그대인들 날 그려 엇지하리

낸들 엇지하리만

가라! 산ㅅ길이 저물리! 어서 가소

산에서 편지 왓네

(외롭다) 하엿네

벗아 외롭기야 산이나 들이나 다르랴

솜옷 보내니 닙으라! 날 본듯이 닙으소

大體로 春園의 노래에는 꾸밈업는 率直한 부르지즘 外에 感傷的 哀韻이 써돈다. 이 두 노래도 詩로서의 價値는 그다지 놉다고 할 수는 업다. 그러나 그의 쓰거운 友情에 누가 感激하지 안을 수 잇슬가.

前者의 末聯에

"마는 벗아 내 눈물이 무엇하리

부질업는 줄 알것마는 하염업시도 우노라"

가튼 것은 平凡한 말로 微妙히 感情을 表現하엿다고 할 수 잇다. 後者의 末聯도 前者와 쪽가튼 리듬의 쪽가튼 情熱의 別後의 벗을 生覺하는 마음을 잘 表現하엿다고 할 수 잇는 것이다.

— 이것은 나의 生覺이지만 「入山하는 벗을 보내고서」의 第1聯 末行 「산 중에 새벽종 울 째에」는 第2聯의 第1行이 될 것인가 한다.

선물

어린 학생이

겻흐로 오더니

붓그러운듯시 경례를 하고

살그머니 무엇을 손에 쥐여준다

나는 집에 돌아와

그것을 글럿다—

조희로 싸고 싸고 쏘 싼 뭉텅이

속에서 나온다—수학려행ㅅ길에서 주서온 조고마한 수정 백인 돌이

春園은 鑛物 先生이 아니엿슬 게지. 그 鑛物 先生이 아닌 春園에게 수접어 하며 조희에 싸고 쏘 싸서 선물 수정 백인 돌을 갓다 준 어린 학생의 마음을 엿보자. 그 선물은 그 어린 학생이 귀엽고 귀여워 엇절 줄을 몰랏슬 터의 돌멩이엿슬 것이다.

그 깁붐을 난호랴 先生에게 갓다주는 그 마음!

그나마도 붓그러워 조희에 뭉치고 쏘 뭉친 그 마음!

우리는 이 적은 노래를 읽을 째 쏘 그 마음을 生覺할 째 아지못할 깁붐과 밋버움 늣긴다. 이것이 나의 春園의 노래를 사랑하는 그것에 틀림업는 것이다.

더구나 第1聯은 詩人에게도 못지안은 表現이다.

노래

나는 노래를 부르네

끚업는 슯푼 노래를 부르네

천지가 모도 고요한

한밤ㅅ중에 내 홀로 째어 잇서

목을 노하 끚업는 노래를 부르네

노래는 써 흐터지네
흐르는 바람ㅅ결을 타고 흐터지네
새는 항아리에 물을 채오랴고
길어다 붓고 쏘 길어다 붓는
녀인 모양으로 나는 노래를 부르네
나는 귀를 기우리네
한 노래가 씃날 째마다 귀를 기울이네
산에서나 들에서나 어느 바다에서나
행혀나 회답이 오나 하고 귀를 기울이네
그리고는 쏘 씃업는 내노래를 부르네

우리는 이 노래에서 외로움과 쓸쓸함을 切實히 맛보앗다. 듯는 사람도 업건만 천디가 모두 깁흔 잠에 썰어저 잇는 한밤중에 홀로 씃업는 슯푼 노래를 불으는 春園을 生覺하여 보자. 그는 아모 보람도 업는 줄 알면서도 행여나? 하는 안타까운 生覺으로 마ー치 새는 항아리에 물을 채오랴고 길어다 붓고 쏘 길어다 붓는 녀인과도 가튼 熱誠을 가지고 노래를 부른다. 그러나 산에서도 들에서도 바다에서도 아모런 反響이 업다.

그가 넘우나 일직 쌔인 싸닭이다. ㅡ그러나 달이 가고 해가 거듭할 동안에는 무슨 회답이든 오겟지. 春園氏! 그째까지 씬임업시 '무엇인지는 몰으나 씬업는 슯푼노래를 부르시기를.'

의의인

"친구여! 그대의 팔에 윈 허물인고?"

"이것은 쇠사슬자국—의를 위하야 옥에 매엿슬 째의 쇠사슬ㅅ자국"

"친구여 얼마나 아핏슬고—아이 애닯어라"

"그것은 아푸기는 아푸더라만은 불의를 보고 참기보다도 수월할러라 팔목의 허물이 나아갈사록 불의의 아품이 더욱 재오치니 친구여 나는 쏘 쇠사슬에 매이러 가노라"

"아아 거룩한 벗이여 나도 함께 내몸에도 의의인을 마치어지이다"

『朝鮮文壇』第三號를 보신 분은 春園의 엣세이 義氣論을 읽으섯슬 줄 밋는다. 여기서 散文과 詩를 比較하여 보자. 비록 그 義氣論과 이 의의인 사이에 趣意에 많은 差異點이 잇다고는 하지만도 어느 것이 春園의 義에 대한 意見(?)을 잘 表現하엿는지를 賢明한 讀者는 容易히 判斷할 줄 밋는다. 다섯 頁 半으로도 다하지 못한 義氣論을 의의인은 다만 열 줄에 뜻을 다하엿다. —不意中의 의의인 禮讚에서 詩歌頌으로 脫線한 것은 讀者는 海容하여 주기를…….

그러나 이 말은 이 章에서 할 말이 안이고 後日에도 機會가 잇슬 것이니 그째로 밀고 그만두기로 한다.

더구나 의의인을 會話體로 하야 그 效果를 더 내이게 한 것은 確實히 春園의 능란한 詩才라 할 수 잇다.

『朝鮮文壇』第六號의 黙想錄에는 散文詩 八篇과 詩 數篇이 잇다.

그 中에 짜른 것 몃 개만 抄錄하랴 한다.

軍艦

三田尺 압바다에는 군함이 십여 척이 써잇고 그 중에 긔함인 듯한 배

에서는 경긔구가 써 잇다. 宮島 압바다에도 그러하다. 아마 해군 연습인가 보다.

이런 것이 잇서야 백성들이 젠 체하고 산다고 유치한 듯하지마는 아직은 진리다. 나는 붓그려웟다.

生新

橫濱! 대진재의 상처가 참혹도 하다. 그러나 그 생채기가 내이 산다. 생명만 잇스면 살은 암만이라도 나오는 것이다.

朝鮮列車

釜山을 써나는 급행렬차에는 조선ㅅ사람은 二三등을 통써러서 六 七人밧게 업섯다. 하도 적기로 헤어보앗다.

大邱를 지나더니 열세 사람이 되엿다. 여긔가 어듸인가 과연 조선인가.

東京

東京 뎡거장서 나려서 놀란 것은 뎐차와 자동차와 무섭게 만하진 것이다. 쑤쑤 우루루 하는 사이도 사람들이 말업시 다니는 것은 비참한 광경이다.

지진통에 문허진 神田橋, philadelpia 무슨 회사가 설게하고 공사하는 중이라고 써 붓치엇다.

以上 四篇은 小品 가튼 點도 업지 안치만은 亦是 好箇의 散文詩라는 것이 맛당할 것이다. 爲先 「軍艦」부터 보자.

우리는 이 詩를 읽고 나서 아모런 不自然도 늣기지 안는다. 나는 붓그러웟다 하는 것도 조곰도 誇張 갓게는 生覺되지 안는다. 뿐만 아니라 우리들도 春園과 가치 무엇에 대하여선지는 몰으면서도 얼골이 쓱어워짐을 늣긴다.

아마 "해군련습인가보다"란 아모것도 아니면서도 가장 印象 깁흔 句節이다. 그리고 "이런 것이 잇서야―부터―아즉은 진리다" 까지는 이 얼마나한 諷刺이냐.

「生新」은 늣김 잇는 글이다. 그러나 表現으로는 무슨 別로 注目할 만한 것은 업다.

「朝鮮列車」를 읽고 난 우리가 첫재로 쌔달은 것은 의지가지 업는 孤獨이 우리를 둘둘 마라버렷다는 것이다. 이 列車는 釜山을 쩌나는…… 이여야만 될 것이다.

하도 적기로 헤여보앗다를 읽으면 우리 가슴은 쓱금한다. 여기가 어듸인가. 과연 조선인가. 얼마나 힘업는 부르지짐이냐. 애닯기도 하고녀.

「東京」에서 우리는 物質만이 助長하는 二十世紀 文明에 對한 春園의 興味 잇는 諷刺를 엿볼 수가 잇다.

"쑤쑤 우루루하는 사이로…… 비참한 광경이다"와 가튼 것은 痛切한 描寫다.

그러나 다음 句節은 感服할 수 업다.

春園은 地震통에 문허진 神田橋가 다시 設計되어 가지고 工事를 急히 하고 잇다는 것으로 文明이니 開化이니 하고 쩌들기만 하면서 物質의 假飾만이 째와 함께 盛해가며 精神은 도리혀 腐敗하여 가는 것을 暗示

하려 하엿다. 그러나 이 暗示는 그 要를 得하지 못하다고밧에 말할 수 업다.

웨? 그것은 우리가 아모 生覺 업이 이 句節을 읽을 재 장마 재 써내려 간 다리를 다시 놋는 光景밧게 눈에 써올으지 아니하닛가.

이 外에 이 號에는 詩가 四篇잇다.

그러나 나는 그 中의 第一 那終것 한 篇만 들려 한다. 이것은 무엇보다도 나의 愚鈍한 머리와 붓대 든 손이 疲勞하엿슴이다.

"朝鮮을 버리자"

조선을 버리자
내 힘으론 못 구할 것을
아? 찰하리 버리고 갈가
못한다!
네 힘껏 해보렴음
죽기까지는 네 의무인 것을
그러나 여보
이 백성을 어이한단 말요?
헷것만 좃는 것을
갈가나 갈가
조선이 안 뵈는 곳에 가서
울고 닛고 세상을 마츨가나.

제 힘으로 못 구할 조선이여던 찰하리 내어버리자고 하다가 다시 맘을 돌려 죽기까지는 네 의무이니 네 힘껏은 해보렴음 하고 그리다가도 헷것만 쫏는 이 백성들을 엇절 길 업어 다시 조선을 내여버리고 말가하는 春園의 마음속의 煩悶은 단지 그에게만 잇는 가슴의 苦痛은 아니다. 朝鮮사람으로도 누구나 다 가저야만 하는 煩悶이다(그러나 果然 우리 사람들이 다 이 煩悶을 가지고 잇는지 아닌지는 나로서는 保證할 수 업다).

　以上 나는 黙想錄의 佳作만 골라내고 잘못된 것은 하나도 말하지 안은 줄 記憶한다. 이것은 黙想錄에 이러타! 저러타! 하고 特別히 指目하여 말할 惡詩도 업거니와 佳作에 對하여서는 닉엇거나 설엇거나 멧 마디 感想을 적을 수 잇으나 春園의 다른 詩에 對하여서는 내 自身 詩歌에 對한 鑑賞眼의 '레벨'이 낮은 터이라 個所 箇所의 感眼 못할 句節이 눈에 씌워도 無責任한 말을 함부로 할 수가 업는 까닭이다.
　나는 春園이 『第二의 黙想錄』을 發表하기를 마음 속으로 은근히 苦待하며 不健全한 붓을 놋는다.

1926. 7. 30. 夜
〈동아일보〉, 1926. 8. 21, 24.

白日漫筆

―詩 小品 黙想 ―

一

白日漫筆은 지난 三個月 간의 나의 詩 小品 등과 詩作 餘暇의 片想을 모도아 논 것이다. 多幸히 讀者 諸賢의 愛讀을 빌 수 잇다 하면 筆者로서 다시업는 깁븜일가 한다.

靜思餘祿(정사여록)

우리는 恒常 自然 압헤 머리를 숙이는 것과 가티 藝術 압헤 머리를 숙인다.

'라파엘'의 「마돈나」 압헤 敬虔한 祈願을 들이지 안는 者 어듸 잇스며 '호―머―'의 詩句에 머리를 숙이지 안는 者 어디 잇스리요. 이 藝術이 우리 人生으로서 만들 수 잇는 가장 크고 거룩한 作品인 所以이다.

거듭 말하며는 누가 나를 뉴욕으로 다리고 가 摩天樓라고 써드는 五十五層 '우르씨―드' 빌딍 압헤 세워 노앗다고 하드라도 나는 그 雄大함에 놀랄는지는 몰으지만 그 압헤 머리를 숙이는 일은 업스리라. 그러

나 日常 보는 西天을 물들이는 '놀'과 無名 詩人의 作品 압헤 나는 째째
로 머리를 숙이는 것이다.

어머니 배ㅅ속에서 나올 째 우리가 쌜아숭이인 以上 우리는 恒常 虛
飾의 옷을 버서 버리고 쌜아숭이가 되지 안흐면 안 된다. '恒常'이라는
것이 어려우면 죽을 째까지 오즉 한 번일지라도 쌜안몸둥이를 太陽 알
에 내어 놋는 것이 조치 안을가.

나는 언제든 한번 큰 病에 걸리고 십다. 限 三個月 假量 入院하여야만
全快될 만한 이것은 내가 病院 獨特의 一種의 恐怖를 含有하고 잇는 孤
寂을 맛보고 십흔 짜닭이다.

나는 恒常 사람들이―特히 文學靑年들이―文學과 文壇을 混同하는
데 놀라지 안을 수가 업다. 文學靑年의 할 일이란 오즉 쑤준히 文學을
硏究하여 나아가는 것이다. 적어도 이 課程이 즛날 째까지는 '文壇' 두
字를 念頭에 느어서는 안 된다. 이것이 맛쌍한 것이다. 그것을 그들은
反對로 自己네가 하로라도 쌜리 文壇 사람이 되고 십다, 하로라도 自己
네 作品이 文壇 사람의 是認하는 바 잇스면 하는 마음으로 作品 發展에
만 東奔西走하며 單 하로라도 眞實한 態度로 硏究함이 업스니 本末의
顚倒도 分數가 잇지 안은가 한다. 이에 일으러 그들은 文學 志望이라
하면서 文壇 志望이며 文學 硏究라 하면서 其實은 文壇 硏究인 것이다.
웃기에는 넘우나 슬흔 現象이다.

現今 朝鮮 文壇의 沈滯도 太半은 이에 根源하고 잇는 줄 밋는다. 나는
아―모 價値도 무게도 업는 作品이 裝飾하고 잇는 現今의 우리 文壇을
조금도 念頭에 두지 안코 健全한 文學 硏究를 專攻하는 篤實한 사람이

나오기를 忠心으로 발아는 바이다.

二

　사람이 사람에게 사람 待遇를 밧구다는 것은 아모러치도 안은 일 가트며 其實은 제법 어려운 일이다. 人君이 臣下에게 君主의 待遇를 밧고 잇스나 其實 한 사람으로서의 待遇를 받고 잇는지 아닌지는 알 수 업는 일이다. 適切한 例를 들면 菊池寬(기쿠치 간)의 『忠直卿行狀記』가 바로 이것이다. 忠直卿 이 한 사람—오즉 한 사람—으로서의 待遇를 받고 십흠으로 말미암아 얼마만한 일을 그는 하엿든가. 그는 사람으로서 以上의 待遇를 받고 잇섯다. (……或은 嚴密히 말하면은 以下의 待遇라고도 하겟지만……) 그러나 마츰내 그는 한 사람으로서의 待遇를 밧지 못하엿든 것이다.

　나는 벗들이 나를 사람으로 待接하지 안코 한 벗으로만 待接하는 것이나 아닐가 하고 혼자 疑訝하며 스스로 승거웁게 웃는 것이다. 무에니 무에니 하여도 몸을 마칠 째까지 사람에게 한결가티 사람 待遇를 밧는 것보다 더 큰 깁붐은 업슬가 한다.

　自己의 나희를 헤여보는 것보다 더 외로운 일은 업다. 이것은 無意識 中에 自己 나희를 헤여본 사람은 누구든지 대번에 首肯할 수 잇는 事實이다. 나는 자리 속에서 册床머리에서 들에서 길거리에서 저도 몰으게 제 나희를 헤여보고 더업는 외로움을 째달은 일이 몇 번인지 몰은다.

　憂鬱은 사람의 마음을 傷한다. 思想을 病的으로 하여 버린다. 우리는 언제든 憂鬱하여서는 안 된다.

　아모 表情도 업는 얼골로
　下人이 장작을 패이고 나간 뒤
　남몰래 섯불은 독긔를 잡아 보도다.
　憂鬱한 이 내 몸에 비겨 그가 너무나 부러웟슴으로

이것은 지난날 내가 불으든 노래의 하나이다.

　우리는 자리 속에 들어가서 '베르렌'의 詩句를 외이려 하는 것보다는 넓은 벌판으로 쒸어나가 찬空氣를 마실 必要가 잇다. 光線이 不充分한 室內에서 創作에 專心하는 것보다는 오히려 바다ㅅ가 모래 위에 주저 안저 瞑想에 잠기는게 조흘가 한다.

　생생한 대를 칼로 쪽애면 所謂 破竹之勢로 갈라진다. 쩍애는 사람이나 엽헤서 보고 잇는 사람이나 다가티 산듯한 아지 못할 快感을 늣긴다. 나는 이러한 마음을 가지고 한 平生을 지내고 십다고 생각한다.

　自然에 對하야 人生은 너무나 적다. 歷史上에 일흠을 남긴 모든 英雄이며 天才들 그들이 하여 노흔 偉大한 功이라는 것을 생각할 쌔 大自然에 比하야 그것이 얼마나 적은가를 나는 切實히 쌔닷는다.

　사람들은 누구나 '美'를 찾는다. 그러나 여러 가지 事情으로 因하여 혼자서 美를 찾지 못하는 사람이 만타. 藝術家는 親切히도 그들을 爲하야 '美의 探究者'가 된 것이나, 그러나 이 '美'라는 데는 가장 健全한 生命이 相伴하여야만 된다는 것을 이저서는 안 된다. 哀憐을 解하는 마음은 하날이 藝術家에게 준 特性이니 이 마음 업시 詩句를 論하며 韻律을 가릴 수 업는 것이다.

三

理髮을 하고 난 다음에 理髮師는 香水를 머리에다 쑤려 준다. 각금 香水 발를 것을 니저버리고 이러날려면 理髮師가 눌러 안치고 발러 준다. 발아지도 안는 香水를 처덕처덕 발라 주는 것이 마—치 가난한 더벅머리 總角을 冠禮나 식혀주는 것 가튼 態度로 하는 것 가태서 不快하기 짝이 업다……고 언젠가 日記 한 모퉁이에 써 노흔 일이 잇다.

나는 째째로……'우리에게 記憶이라는 것이 업서진다면'……하고 空想을 한다.

첫째 親舊이니 面識 업는 사람이니 하는 區別부터가 업서질 터이니까 愉快하다. 어제 사든 사람은 오늘에는 누구나 다 가튼 아무 面識도 업는 사람이다. 오늘 親하게 이약이하든 사람도 來日이면은 서로 前일을 이저버린다. 恩惠니 怨讐니 하는 것도 그 瞬間이 지나면 아모것도 남음이 업스며 첫재 어제니 그적게니 하는 말도 辭典에서 업서질 것이다. 그것이 우리에게 어떠한 利益을 주느냐 하는 것은 其實 나는 몰른다. 그러나 나는 엇덧튼 그러케 된다 하면……하는 것이 愉快하다. 왜 愉快한지 그 理由도 亦是 몰른다. 엇더튼 나도 아지 못할 이약이다.

四. 譯詩風流(역시풍류)

子夜春歌

郭振(곽진)

陌頭揚柳枝(맥두양류지)
已被春風吹(기피춘풍취)
妾心正隔絶(첩심정격절)
君懷那得知(군회나득지)

언덕 우에 실버들엔
봄바람이 붑니다요
애싯나니 이내 가삼
님의 마음 어이알리

筆者 曰…… 이 譯은 그리 조타고는 생각하지 안는다.
말씀이 매오 괴로운 譯이나 내버리기 악거워 이에 거두어 노흔 것이
다. 뒷날에 餘裕가 잇스면은 修正하여 노흘 것을 말하여 둔다.

汴河曲(변하곡)

李益(이익)

汴水東流無限春(변수동류무한춘)
隨家宮闕己成塵(수가궁궐기성진)
行人莫上長堤望(행인막상장제망)
風起楊花愁殺人(풍기양화수살인)

汴水는 東으로 흘러
봄은 녜나 달음업서도
隨ㅅ나라 宮闕은
한줌의 몬지ㄹ세

나그네야 언덕에 올라
바라보지 마소라
바람일워 楊花날면
愁心만 애싯나니……

筆者 왈…… 風起楊花愁殺人의 句는 바람이 불면 버들개아지가 어지러히 날르는 實景에 隨家가 楊 氏이엿든 것을 取하야 이러케 일음이니, 이를 우리말로 옴기려 함애 甚히 困難을 늣긴다. 이에 不得已 揚花 두 字를 그대로 써서 原詩의 나타내는 쯧을 苟且히도 表現하엿슴은 淺識淺才인 筆者의 苦痛의 痕迹이다. 多幸히 讀者의 가르치심이 잇스면…… 한다.

失題(실제)

鄭知常 (정 지 상)

雨歇長堤草色多(우헐장제초색다)
送君南浦動戀歌(송군남포동연가)
大洞江水河時盡(대동강수하시진)
別淚年年添錄波(별루년년첨록파)

비개인 江언덕엔
잔듸도 새롭구려
南浦도 그댄가니
이내설움 슷업서라

大同江 흘으는 물
마를 날이나 잇슬건가
해마다 離別눈물
江물만 보태누나

이 「失題」는 唐詩選이나 三體詩에 잇는 바는 아니지만 前에 譯하여 두엇든 것이기로 여긔에 거두어 노앗다.

〈조선일보〉, 1926. 11. 24~27.

詩文雜感

내가 恒常 읽고 십허하는 詩文은 眞과 熱의 아모 虛飾도 업는 人生—生活—의 記錄이라는 것이다. 우리는 眞實이라는 놈 압헤 저도 몰으게 옷깃을 바로 하며 熱과 誠 압헤 슺업는 그리움과 밋버움을 쌔닷는다. 나는 나로 하여금 저도 몰으게 옷깃을 곳치게 하며 슺업는 그리움과 밋벼움을 쌔닷게 하는 詩文을 읽고 십다고 말하는 것이다. 나는 만흔 '바람'을 가지고 이러한 詩文을 對하랴 우리 文壇에 臨하엿다. 그러나 그 結果는 오즉 나의 눈섭을 씽그리게 하고 부질업슨 한숨을 내쉬이게 하엿슬 쑨이다. 近來 數年 間에 우리 文壇에 發芽한 所謂 푸로레타리아 文學에도 相當한 敬意와 期待를 가지고 注目하여 왓으나 이에서도 나는 滿足한 무엇을 엇지 못하엿다. 굿태여 말하면 曙海의 「脫出記」가 오즉 잇슬 쌀음이라는 것 밧게는…….

— 우리는 언제까지든 배불른 소리만 하고 잇슬 수는 업는 것이다.

— 우리는 언제까지든 사랑만 속살거리고 잇슬 수는 업는 것이다.

'그 時代와 그 나라의 醫師'로써 自任하고 잇는 우리 모든 文士와 詩人들은 이러케 불으지저 우리들을 일쌔 주었다. 그러나 '그러면……' 하고 이 問題를 解決하여 노흔 것을 본 일이 업다.

　— 우리는 언제까지든 이러케 써들고만 잇슬 수는 업는 것이다, 하고 말하게 될 至境이란 참으로 寒心스러운 일이면서도 苦笑를 禁할 수 업는 이약이다. 나는 文人 諸氏에게 '이 한 詩文 鑑賞者는 만흔 期待와 囑望을 諸氏의게 가지고 잇다. 그리고 만흔 기다림으로 諸氏가 作品을 發表할 째마다 이에 對한다. 그러나 늘 失望할 수밧게 업다."고 말할 수밧게 업는 내 自身을 스스로 嗟許한다.

　이것은 日本 詩人이나 三石勝五郎(미쓰이시 가쓰고로) 갓흔 사람은 내가 가장 사랑하는 詩人으로 그의 作品은 確實히 내가 발아는 그것에 틀림업다.

　나는 요사이 게을러 쌔져서 아무것도 읽은 것이란 업으나 數三個月 前에 읽은 바 '톨스토이'의 「이완, 못나니 이야이」와 '크로포토킨'의 「靑年의게 呼訴하노라」 갓흔 것은 나의 발아는 글이라는 데 아모런 疑訝도 품을 바이 업다. 特히 「靑年의게 呼訴하노라」(大杉策 譯의 팜푸렛)은 東京에 잇는 나의 밋버운 벗이 보내주어 읽은 바로 나로서는 매우 感銘깁흔 册이다. 좀 猥濫한 말인지는 모르겠으나 諸氏가 創作에 對하기 前에 이 두 册을 再讀 三讀한다 하며는 必然多大한 稗盆이 이에 잇으리라고 밋는다.

　菊池寬(기쿠치 칸)인지 누가 『문예춘추』誌 上에서 "옛날 文壇은 들어가기가 어려웁고 進取되기는 쉬우며, 지금 文壇은 들어가기는 쉬웁고 이에 反하야 늘 沈滯한다……"고 한 것을 본 일이 잇다. 우리의게는 옛날 文壇이니 只今의ㅅ 文壇이니 하는 複雜한 歷史를 가지고 잇는 文壇

은 업지만서도 如何間 이 말은 우리의게도 適用된다. 卽 우리 文壇은 多
事多忙으로 文士, 詩人이 雨後竹筍으로 輩出하나 其實은 한외로운 文壇
의 沈滯만을 일우고 잇는 것이다. 이에 文壇人의 努力과 新人의 出顯은
期於코 必要하다. 나는 우리 文壇에 眞과 熱의 詩文을 얻기 위하여 眞과
熱의 사람을 求하길 마지 안는다. 眞과 熱의 사람은 우리의 참된 벗이며
그의 作品은 쌀과 한가지로 우리에겐 업지 못할 糧食인 까닭에.

　우리는 우리가 가지고 잇는 보배로운 노래—民話(民謠의 오기)를 이
즌지가 오래엿다. 그 價値에 對하여 近來에 이르러 새삼스러히 云云하
는 것은, "인제야 겨오……" 하고 웃으면서도 亦是 衷心으로 깁붜하지
안을 수 업다.

　지금 우리 詩人들이 우리의게 보여 주는 民謠들은 大體로 그다지 感
服할 만한 것은 못되나 요한, 岸曙, 素月 等 諸氏의 作에는 看做키 어려
운 것들이 적지 안타는 것을 말하여 둔다. 우리는 詩를 論하기 前에 漢
詩와 時調의 簡潔과 情趣를 배워둘 必要가 잇다. 우리 文壇을 갑 잇고
무게 잇게 함에는 오즉 作家들의 努力과 硏究로만 되는 것이 안이라 이
에는 讀者의 끈임업는 激勵와 後援이 絶對로 必要하다는 것을 말하여
둔다.

『조선문단』, 1927. 1.

病床雜說

長壽·短命·詩歌·思索

대수로웁지 안은 病으로 말매암아 二 三日間 자리에 누은 몸이 되엿다. 들창 밧게 들리는 單調로운 쌀래터의 騷音을 귀에하며 天井을 치여다보고 생각나는 바를 그대로 적어 노흔 것이 이 글이다.

누가 "머리 조흔째엔 '생각'하여라. 讀書 갓흔 것은 머리 납불 째 할 것이다."라고 한 것을 記憶한다. 나의겐 머리 조흔째이니 납분째이니 하는 것은 업스나 적어도 우리가 讀書하는 時間의 十分之 一씀은 '생각'하는 時間에 供할 것이라는 것이 나의 持論이다.

그러나 時間의 餘裕가 가장 만흐며 쏘한 가장 적은— 이러한 矛盾된 말은 不規則한 生活을 하는 나의게 잇서서는 同時에 成立된다—나의 生活엔 생각하는 일이란 別로 업다.

그러나 偶然히 짧은 時日이나마 二 三日동안—勿論 오랜 時日을 病床에 눕고 십다는 말은 아니나—病席에 눕게듸여 讀書를 하자드라도 頭

痛을 도올 쑌이요 자리에 업듸여 무엇이든 쓰고자 하나 쏘한 배가 결리여 할 일 업는 몸이 하염업시 天井만 치여다보고 잇노라니 머리에 써올르는 것이란 平素에는 念頭에도 두지 안튼 이것저것의 이 窮理 저 窮理밧게 업다. 勿論 黙想도 안이요 靜思도 안이요 冥想도 안이요 所謂 筆者의 思索이다.

우리들은 病床에 누엇슬째보담 더 眞實한 態度로 人生이란 것 特히 '죽음'이란 것에 對하야 생각을 베푸는 째는 업다. 勿論 早晚間 죽어야 할 老齡도 안이여니와 命在頃刻하다는 病勢도 아니나 自然히 그러한 생각을 하게 된다.

爲先 筆者 獨特의―或은 獨特하지 안이할른지도 몰으나―長壽 悲觀論을 늘어 노흘가 한다. 勿論 造物主가 나의게 長壽란 놈을 준 것도 아니여니와 故大隈候爵이 提唱하고 잇든 百二十五歲라는 그다지 長壽다웁지 안은 長壽를 할 것 갓지도 아니하나 여기서는 내가 長壽를 한다면은…… 하는 假設밋헤 長壽 悲觀論을 쓰려 하는 것이다.

大部分의 사람들은―或은 極히 一部에 지나지 안는지도 몰으나 나의 見解로는―거의 한결갓치 長壽渴望者인 것 갓다. 勿論 그야 長壽를 願하는 사람들의게도 別々 理由가 잇슬 것이다.

或은 現在 自己가 누리고 잇는 富貴享樂을 될 수 잇는 데까지 오래 繼續하고 십다는 사람도 잇슬 것이고, 쏘는 自己의 硏究하는 바이나 事業이나 그것이 成就되는 것을 보고 죽고 십다는 사람도 잇슬 것이고, 쏘는 自己네 子孫이 先祖의 聲譽를 繼承하야 家門이 盛昌하는 것을 보기까지 살고 십다는 사람도 잇고 쏘는 自己의 一種의 仇敵의게 對하야 彼者가

죽기 前에는 죽고 십지 안타는 이제 것과는 좀 種類가 틀리는 理由로 長
壽를 願하는 사람이 잇슬 것이다. 그러나 如何튼 長壽를 願하는 사람이
決코 적지 안타는 것만은 明白한 일이니, 卽 아들이나 孫子를 씨고 안젓
는 老人네들이 내가 孫子를 보고 죽게 될가 하는 것이나, 내가 요것 국
수를 어더먹게 될라구, 하는 것을 보면 果然 그들이 얼마만한 熱誠을 가
지고 長壽를 願하나 하는 것을, 容易히 알 수가 잇는 것이다. 그러한 그
들의 눈섭을 찡그리게 하는 長壽 悲觀論을 쓰겟다는 말이다.

사람들은 웨 長壽를 願하는가?
나는 이 問題부터 解決하려 한다. 勿論 그들—長壽를 願하는 사람들
—이 長壽를 願하는 것은 決코 처음에 筆者가 例를 들어 논 것 갓흔 皮
相的 極히 淺薄한 理由 째문이 안이다. 이것의 根本的 理由는, 筆者의
見解로서는 그들이 '죽음'이라는 것, 卽 '죽음'에 對한 恐怖에 根底를 두
고 잇지 아니한가 한다.

卽, 그들은 '죽음'이란 것, 換言하면 이 世上에서 永久히 消滅하여 버
린다는 것을 다시업이 두려워한다. 그러한 까닭에 生에 對한 愛着心이
이에 反比例하게 된다. 이에 잇서, 長壽를 願한다는 것은 모든 利害를
超越한 人間의 眞情發露에 틀림업다고, 筆者는 생각한다.

前提는 이만하고 이에 筆者는 長壽 悲觀論을 始作하려 한다. 거듭 말
하거니와 내가 長壽한다는 것은, 筆者가 제 마음대로 定한 것으로, 내
가 長壽한다며는—하는 假說밋헤서 혼자 悲觀하는 것이다. 짤아서, 아
조환한 일이지만 이 글은 숩혀 나의 主觀에만 依하엿다는 것을 附加하
여둔다.

筆者가 長壽 悲觀論을 늘어놋는 것은, 決코 長壽를 하야, 次々 齒牙가 쌔지기 始作하고 視力과 聽力이 衰退하고 世上萬事에 比하야, 自己의 老衰의 可히 감추지 못할 쌔의 쓸々한 苦痛을 오래 밧게 된다는 싸닭이 안이다. 그까짓 苦痛이 오즉 長壽를 享樂하는 이의 缺點이 된다 하면은 나는 달게 그 苦痛을 맛보며 이 世上에 長壽를 자랑할 것이다. 그러나 내가 長壽를 悲觀하게 되는 것은 老齡만이 맛볼 수 잇는 晩年의 孤獨이 라는 것이다.

自己와 한가지로 長壽의 福을 누리지 못하는 自己의 모―든 사랑하는 사람이 뒤를 니여 이 世上을 쩌날 쌔, 그들―長壽하는 사람들―은 오히 려 自己네의 長壽만을 자랑하고 잇슬 수가 잇슬가?

모―든 사랑하는 사람―父母兄弟며 一家親戚이며, 모든 밋버운 벗들 ―의 消失이란 卽 自己네의 消失 精神的 消失을 意味하는 것이다. 自己 가 이 世上에서 精神的으로 消滅하여 버렷슴에도 不拘하고 빈 肉體만 이 長壽라는 看板 아래 이 世上에 顯身하고 잇다는 것을 쌔달을 쌔 長 壽란 果然 우리가 그토록이나 渴望하든 物件인가? 하고 一考를 要하게 될 것이다. 그러나 이러한 晩年의 孤獨―卽 筆者의 所謂 精神的 消滅― 에 그다지 만흔 影響을 밧지 안코 如前히 長壽 幸福 打鈴을 늘허노흘 사 람도 잇슬 것이다. 그러나 舊作 新作을 勿論하고 貧弱은하나마 筆者의 詩囊을 뒤적어려 五分之四假量이 憂鬱과 寂寥와 孤獨을 노래한 것임을 筆者 스스로 새삼스러히 쌔닷고는 호젓한 우슴을 웃는, 나의게 잇서 는 이 晩年의 孤獨은, 그야말로 名實共存의 이 世上으로서의 筆者의 精 神的 消滅이다.

이 글을 쓰면서도 언듯 '알프렛트 텐니슨'이 그의 親友 '아―사―해 럼'을 일코 十七 年間이나 悲哀와 寂寥 가운데 回想의 詩를 읊허 고요히 自己의 마음을 慰勞하엿다는 것을 생각하고는 홀로 몸을 써는 것이다.—長壽란 決코 幸福된 것은 못된다.

이것이 이 글의 結說이다. 筆者가 長壽를 悲觀한다고 決코 短命을 願하는 것도 아니다.

人生七十이 古來稀라 한다. 그 近處까지만 가면, 筆者의 滿足하는 바이라 하겠다.

이 생각 저 생각 끗헤 가만히 귀를 기우리면 요란한 쌜래터 수선보다도, 머리맛헤서 쌕각어리고 잇는 時計 소래가 그야말로 骨髓까지 사모처 든다. 時計를 손에 들고 볼량이면, 時計란 참말로 異常하다—時計라고 한 것은 其實 人生이란 말이다—하는 생각과 함께 참으로 우스쌍스럽다는 생각이 뒤미처 일어난다.

이, 아모 能力이란 업는 時計가, 그나마 맛처주고, 태엽을 감어주어야만 억지로 제 몸 간수를 하게 되는 時計가, 우리 人生이라는 것을 刻一刻 墓地로 몰고 잇는 것이라곤 아모러케 해도 생각되지 안는다. 異常하다는 것보담도, 우스쌍스러웁다는 말이 適切할가 한다.

나는 短命이라는 말을 들을 쌔마다, 거의 무의식적으로 羅稻香을 聯想한다. 그것은 單只(但只의 오기) 夭折을 하엿다는 까닭은 안이다. 그가 언젠가 朝鮮文壇에 내인 隨筆 속에서 天才와 早熟의 關한 이약이(?)를 하고, 或是도 天才는 短命을 하여야만 된다면는 自己는 天才 갓흔 것은 헌신짝갓치 내여버리겟다고 하는 쯧을 말한 일이 잇는데, 그 글이 異常히도 내 記憶에 남아, 故人의게 對하여 不遜한 일인 줄 알면서도, 恒常 저도 몰으게 '短命'과 '稻香'을 聯想하여 버리는 것이다.

短命을 쓰려다가 갑자기 稻香의 생각이 들어, 冊床 머리에 잇는 昨年 日記冊을 뒤적어려 보니 '八月 二十六日(木曜)'라 한 날에 稻香에 關하여 이러한 句節이 잇다.

"……
稻香은 가다. 二十五歲를 一期로 그는 가다.
글 하는 이들의 가장 天分 만흔 이를 肺結核은 잘도 가저 간다.
젊게 설게 간 稻香을 나는 가장 애닯허 하노라 ……."

"나는 째로, 憂鬱과 寂寥를 사랑한다."는 뜻의 文句를 日記帳이나 '노-트'나, 그外 原稿紙 조각 갓흔데 數업이 써 내던진 것과 갓치, 其實 나는 憂鬱과 寂寥 사이에서 彷徨하는 일이 한두 번이 안이다. 째째로 哀傷氣分에 쌔저 남몰래 눈물짓는 일이 몃번인지 몰은다. 까닭에, 나의 親友 S도 나를 '센틔멘탈리스트'라고 嘲弄을 한다. 勿論 根據 잇는 嘲弄이라 아모런 不滿도 늣기지 안커니와, 째々로 이것 感受하야 自己를 '센틔멘탈리스트'로 自任하는 째가 잇다. 우수은 일이다.

나는 언듯, 내가 그間 三 四箇月 동안을 詩歌를 이저버리고 살어왓다는 것을 생각하고, 쌈작 놀랏다.
"이럴 수도 잇는가? ……"
나는 그間, 나의 喜悅이라는 것, 慾望이라는 것, 哀愁라는 것, 憂鬱이라는 것, 무릇, 나의 마음과 가삼을 채이고 잇는 모든 것을 닛고 잇든 것이엇다.
아ー모도 몰으게, 저 홀로 한숨 지우며, 소래처 노래 불으든 五箇月前

까지의 내 自身을 나는 자리 속에서 回想하엿다.

마음속으로 나의 處女詩集을 出版하고는, '나'라고 하는 愛讀者 하나로만 滿足하든 一九二五年度의 '나'도 생각하여 보았다. 요즈음의 四五箇月間, 無味한 生活이엿기 詩歌가 업섯스며, 詩歌 업는 生活이엿기 더욱 乾燥하엿다.

詩歌 업는 生活! 그것은 結局 나의게 잇어서는 疲勞와 寂滅의 連鎖일 샌이다.

詩歌를 일흔 몸! 그것은 結局 나의게 잇어서는 無氣力한 十五貫餘의 肉體를 意味할 샌이다.

노래하기를 이즈매, 쏘한 읽기조차 이저, 愛誦詩集에 몬지가 안키까지 아조 읽기를 쑴쑤기조차 안엇다.

"詩 한 篇 외이지도 안코 엇더케 살어오긴 하엿누?" 하리만큼 놀라워, 惶々히 니불을 차고 일어나 卓子에서 三石勝五郎(미쓰이시 가쓰고로)의 『火山灰』를 들고 다시 누엇다. 「詩文雜感」에서 暫時 말한 일도 잇거니와 三石 氏는 가장 나의 敬慕하는 詩人의 한 사람으로 그의 詩篇은 確實히 '眞'과 '熱'을 아로삭인 '性命의 詩'에 틀림업는 것이다.

筆者는 이에 二篇을 譯하야 讀者의 鑑賞에 供할가 한다.

썸 언 손

나는 가느다란 손의 所有者를 介意치 안는다.
나는 턱 괴이고 안아 生活의 脅威(협위)에 썰고 잇는 젊은이의게
다시 한번 맘을 돌려서 가슴의ㅅ 피를 파내라고 말한다.

幸福이란 逃亡하지는 안는다.
運命은 네것이다.
나는 鐵道線路에서
곡갱이질을 하고 잇는 勞働者의
저 썸언손을 조화한다.
오! 썸언손이여
저 손을 좀 만저 보렴 熱도 잇다. 힘도 잇다.
모―든 것이 네것이다.

몃 分의 돈이 잇슬 째

왼손이
나를 훔처갈겻다―
"이놈아 너는 어듸로 가는 모양이냐."
어느 公園 門턱을 돌처슬째

"웨 너는 오늘도 펀둥펀둥 놀고 잇느냐
大體 어써게 너는 살아갈 作定이냐."

"나는 이러케 職業을 求하고 잇다.
그러나 일자리가 업단다."

"學問을 내여버려라 虛榮을 내여버려라
너는 이제 아―모 履歷도 經驗도 업는 어리석은 사람으로서 職業을

求하여라."

내가 멈웃거리고 잇슬새
주먹이 쏘 한번 머리 위를 슷치려 하엿다.

나는 주머니에 손을 느허 보앗다.
나의 지갑에는 아즉도 몃分의 돈이 잇섯다.

엇더튼 조흔 노래다. 이 詩를 읽고 讀者는 이 詩人을 사랑하는 筆者의 心情을 아럿슬줄 밋는다.
이러한 노래야말로 참된 人間生活의 꾸밈 업는 斷片이 안인가.

塵埃 · 煤煙 · 轟音 · 殺風景 · 沒趣味—

모―든 실답지 안은 것만을 所有하고 잇는 都會 가운데서 肺病患者로 神經이 極度로 過敏하여 가지고 살아 갈려니 첫재 衛生이니 무에니 하는 것이 다― 헷소리려니와 統計表를 보지 안코도 적어도 十年쯤 短命할 것은 환한 일이다. 더구나 虛僞란 놈은 사람이 사는 곳이면 어댈른지 쌀어단이는 것이지만 特히 都會에서 가장 만히 發見되는 바이라는 것은 누구나 아는 바이다.

約 一週日 假量 前의ㅅ 일이거니와 나는 歲暮의 가장 밧분 本町通을 걷고 잇섯다. 大坂屋을 나선 나는 몃거름 걸어오기도 前에 三越吳服店 '쇼―윈도―' 압헤 몰켜 잇는 무리들 발 밋에서 울고 잇는 '애거지' 두 名을 發見하엿다. 그들은 치운 듯이 서로 얼싸안고서는 悽愴스러웁게 울고 잇섯다. 勿論 길 가는 사람이나 '쇼―윈도―' 압헤 서 잇는 사람이

나 이런 것은 조곰도 介意치 안는 貌樣이엿다. 그러다가 '거지'는 울고 잇든 얼골을 들어 조심조심 주위를 살피여보다가 고만 나의 눈과 마조첫다. 나는 讀者의게 그째—實로 그 瞬間—그가 얼마만이나 惶唐하게 다시 머리를 '동모거지' 가슴에다 파뭇고 소리를 내여 울엇는가를 알리려 한다. 同情을 請하는 쌔긋한 눈물이 全혀 虛僞의ㅅ 策略이라는 것이며, 天眞爛漫하여야 할 어린이를 이러케 만들어 노흔 社會— 아ー니 都會의 罪를 생각할 새 나는 머리가 힝한 것을 쌔달엇든 것이엿다.

이것은 한 조고마한 都會居住 悲觀論이다.

神經衰弱은 二十世紀 流行病이라 한다. 一名 文明病. 쏘한 身體의 外部에 아모런 變化도 업거니와 外見 아모런 苦痛도 第三者의게는 認識되지 안는 짜닭으로 말매암아 '하이카라'病이라고도 한다. 그 療法으로는 轉地療養, 適當한 運動, 讀書執筆 一切 廢止, 3B水 復用 等이 一般 醫家의 말하고 잇는 바이다. 勿論 一, 二, 三의 療法은 가장 조흔 바이나, 3B水 復用만은 筆者로서 首肯할 수 업는 바이다. 筆者의 體驗에 依하면 그 오줌빗 藥物을 정성스리 하로에 네 번씩—아참, 점심, 저녁, 잘 째—먹는 것보다는 '오랜지'나 흠쑥 처서 氷水나 두어 그릇 해치우는 것이 얼마나 有效한지 몰은다.

그러나 이 神經衰弱도 임의 時代에 뒤쩔어진 病이니 筆者가 이 病의 患者가 아니고서는 藝術을 可히 論할 資格이나 업는 것 갓하야 지금 생각하면 어리석기 限量업는 이약이지만 은근히 이 病에 걸리길 바란 것도 一九二五年度의ㅅ 일이엿다. 이제 다시금 그 時節을 생각하매 스스로 苦笑를 참지 못하거니와 쏘한 그리운 생각이 가슴 한 모퉁이에서 일어남을 쌔닫는다.

바다 건너便 日本에서는 探偵小說이 한창 流行이다. 아즉 우리 文壇에는 그러한 氣味는 보이지 안치만은 筆者의 記憶에 남어 잇는 것으로는 手法은 若干 舊싸이나 『新民』 第十三號에 실린 鐘鳴 氏의 「노름ㅅ군」 갓흔 것은 好箇의 探偵趣味的 콘트인 것이며, 안즉 發端만을 敍述한 『朝鮮文壇』 復活號 所載 繼續物 憑虛 氏 「해쓰는 地平線」은 號를 쌀하 事件의 進展을 보기 前에는 말하기 어려우나 探偵小說로 本格物에 갓가운 傾向을 보이고 잇다.

『新民』 新年號에는 梁柱東 氏의 「813」 譯이 실리엿다. 이러한 것을 機運으로 하야 우리 文壇에도 探偵物이 流行될른지도 몰은다.

그러나 내가 우리 文壇의게 要求하는 作品의 一部는 우에 말한 探偵小說이 아니다. '유-모아' 小說이라는 것이다. 우리 文壇에는 아즉도 이러한 것을 發見치 못하엿다. 春園 氏의 「千眼記」는 아즉도 距離가 멀다.

내가 '유-모아'를 讚美하는 理由는, 그것이 人生의게 愉快와 微笑와 '환한 빗'을 齎來하는 까닭으로서이다. 筆者는 엇더한 作品이, 엇더한 째, 엇더한 作家의 손에 依하야 내 눈압헤 出顯하나 하는 것을 만은 興味를 가지고 보고 잇다.

우리가 아모짝에도 쓸데업는 헛일인 줄 알면서도 每年 每年 되푸리하는 것은, '금음날밤 헛 歎息'이라는 것이다. 無爲로 時日을 虛費함이 안이드라도, 人生의 慾望은 限업는 것이라, 아마도 '금음날 밤 헛 歎息'은 人生이 잇는 곳, 慾望이 업어질 째싸지는, 언제든 잇는 것일가 한다.

나는 지금, 언제든 偉大한 '想'이 내 머리를 支配하야 三日間쯤을 不

飮不食하며, 以夜繼日하야, 붓대를 놀릴―勿論, 一瞬時라고 쉬는 일 업시―境遇를 생각하고는 홀로 微笑를 禁치 못하는 것이다. 그 瞬間은 나의게 잇어서 가장 尊貴한 瞬間일 것이며, 그 創作은 나의게 잇어서 가장 偉大한 作일 것이다. 나는 決코 이 일이 不可能하다고는 생각지 안는다. 언제든―멀지 안케 그째가 올 것을 나는 밋고 잇다.

忽然히 생각나는 것은 昨年 九月頃(?)에 自己의 몸을 스스로 버린 金渭榮 君의 일이다. 나는 그를 몰랏섯거니와, 그의 自殺한 動機며,「나의 온 길을 도라다 보면서」를 읽고서 내 스스로, 그가 그리워지는 것을 쌔닷지 아니치 못하얏다.

'외로운 朝鮮 한구석에 氣를 펴지 못하는 쓸쓸한 人生이 잇섯고나!' 하는 생각은 다만 나홀로의 생각이 아닐가 한다.

싯헷말―條理 업는 말을 쫴 늘어노핫다. 모든 것이 病床의 雜소리 아모 싹에도 쓸데업는 소리다. 그러나 讀者가 이 글을 읽고 난 다음에, 이것을 읽느라고 消費한 時間을 過度히 앗가워 하시지 안으신다면 萬幸일가 한다.

(一九二七. 一. 七) /『조선문단』 4권 3호, 1927. 3.

表現・描寫・技巧

1. 한 개의 '컴마'

'한글마춤법통일안' 附錄, 文章 符號에 關한 대문에, '컴마'에 對하야,
—停止하는 자리를 나타낼 적에 그 말 다음에 쓴다.

例 (1) 정성이 지극하면, 하늘이 느끼신다.

(2) 달은 밝고, 기러기는 운다.

이러케 씨어 잇는데, 이것은 이미 한 개의 常識으로, 우리가 이곳에서
새삼스러이 들어 말할 것이 못 되나, 여기서는 '컴마'의 特殊한 用處를
生覺하여 보기로 하고—,

假令,

"어디 가니?"

라는 한마디 말은, 普通, 두 가지 內容을 가지고 잇는 것으로,

하나는—向하여 가는 곳이 '어디'인가는, 알어도 조코, 몰라도 조타.
다만 '가나?' '안 가나?' 하는 한 개의 事實을 確實히 알고자 하여, 묻는

境遇.

또 하나는―이미 '간다'는 事實을 알고 잇다. 그러나 大體 '어디'를 (무엇할어) 가는 것인가?―그것을 알고자 하여, 뭇는 境遇.

까닭에, 얼핏 보아 가튼 "어듸 가니?"라도,

前者에 對하야서는,

"네, 어듸 좀 갑니다."

或은,

"아―니요, 아모 데 안 갑니다" 하고, "―가니?" 하는 물음을 簡單히 肯定, 或은 否定하면 그만이요, 그 肯定하는 境遇에 잇어서도, 特히 '어데'라고 가는 곳을 明示하지 안해도 조으나,

後者에 對하여서는,

"停車場에 갑니다."

或은,

"空册 사러 갑니다."

하고, 반드시 自己의 가는 곳을, 또는 自己의 볼 일을 알려주어야 마땅할 것이다.

그러나 가튼 한마디 말, "어디 가니?"에서 우리는 어떻게 그 두 개 내용을 가리어 낼 수 잇슬가?

'말'에 잇어서, 그것은 지극히 容易한 일이다. 우리는 그 어조로 그것이 어떠한 내용의 "어디 가니?"인가를 알아낼 수 잇다.

그러나, '글'에 잇어서는?

나는, 아직까지, 그 두 境遇를 區別하여 表現한 '글'을 보지 못하엿다. 언제든, 갓흔 "어디 가니?"이엇다. 그리고 또 그러한 것은 極히 적은 問題로, 아모러튼 조흔 것같이 生覺될지도 모른다. 그러나, 이것이, 만약

할 수 잇는 일이라면, 表現에 잇어, 우리는 가능한 한도까지의 正確을 期하여야 될 것이다. 그리고 또 이 問題는, 우리가 硏究하여 決코 어려운 것이 아니다.

'말'에 잇서, 그 內容의 分岐點이 이미 그 語調에 잇스매, 우리는 그것을 '글'로 表現함에 잇서, 모름즉이 그 語調를 彷彿케 할 方途를 取하여야 할 것이다.

이 "어듸 가니?"의 境遇에 잇서서, 그것은 한 개의 '컴마'다.

後者는,

"어듸가니."

或은, 좀더 效果的으로 '어듸'와 '가니'를 부쳐서,

"어듸가니."

그리고, 疑問符號는 반드시 부치지 말기로 하고,

前者는,

"어듸, 가니?"

하고, '어듸' 다음에 '컴마'를 찍고, 또 반드시 疑問符號를 부치면, 表現은, 보다 더 正確하다 볼 수 잇다.

그러나 勿論, 이것은 이 境遇에만 限한 것이 아니요, 또, '컴마'나 疑問符號만이 어느 境遇에 잇서서는 그러한 所任을 맛는 것은 아니다.

왼갓 文章符號의 效果的 使用은, 事物의 表現, 描寫를 좀더 正確하게, 좀더 完全하게 하여 놀 것이다. 그리고 이러한 試驗은, 作品 中에서도, 特히 會話에 잇서 重大한 意義를 갓는다.

우리는 文字를 사랑하는 것과 똑가튼 熱意를 가저 文章符號를 애끼자.

2. 된소리

‘語調의 表現’이라는 것에 관하여 좀더 이야기를 하고,

假令,

“업소.”

하면, ‘업소’는 언제든 ‘업소’라고만 쓸 것이 아니라, 境遇에 따라서는,

“업쑈.”

或은,

“업쑈!”

라 하여야만 말하는 이의 語調와, 또 그 感情을 表現할 수 잇슬 것이요,

“학무국장이……”

는, 때로,

“학무국쨩이……”

“그럽듸다.”

는 必要에 應하야

“그럽띄다.”

或은,

“그럽띄다!”

大槪 이러하게 ‘된소리’를 利用하는 것도 이른바 ‘語調의 表現’의 한 方法일 수 잇다.

그러나,

“……업다니까……”

와 가튼 것은,

“……업따닛까……”

라고라도 한다 하드라도,

假令,

"……실타니까……"

이러한 따위는 어찌하나?

이 境遇에 잇서서는, 强하게 發音시키고 시픈 '타' ㅅ자 바로 우에다 '컴마'를 찍어,

"실, 타닛까……"

이러케라도 한다면, 말하는 이의 '不快', '反抗', '嫌惡', …… 그러한 種類의 感情이 제법 느껴진다.

3. 女人의 會話

'우리말'에 對하야 別로 關心을 갖지 안는 이들 中에는, '女性의 말' 或은, '女性的의 말'이 '우리말'에는 全然 업는거나가티 잘못 생각하는 이가 잇다.

그야 數量으로 보아 貧弱한 것임에는 틀림업스나, 決코 아조 업는 것은 아니다.

假令,

"하엿세요."

"그랫세요."

하면, 그것은 兩性 共通의 것이나,

"하엿서요."

"그랫서요."

하면, 이것은 分明한 '女性의 말' '女性的의 말'인 것이다.

“웨?”

하고 말할 境遇에,

“왜?”

하고 發音을 적으면 亦是 女性의 말틔를, 우리는 그곳에서 느낀다.

그러나, 그러타고,

“웨 그래요?”

할 것을, 곳

“왜 그래요?”

이러케 말하게 하여서는 안 된다. 이것은, 이 境遇에 잇서서는, 한 개의 ‘사투리’에 지나지 안는 까닭이다.

그야 ‘사투리’말고, 女人이 그렇게 發音하는 境遇가 잇기는 잇다. 그러나 그때에는 本來의 “웨 그래요?”에가 짜증과 가튼 脅迫의 感情이 加入된 것인 줄을 알어야 한다.

“웨 그래요?”와 “왜 그래요?” ―

우리가 表現에 잇서, 보담 더 정확하고 십다면, 이 두말의 차이란 결코 적은 것이 아닐 것이다.

이 박에도

“흥”

또는,

“흥?”

이러한 따위.

그야 勿論, 女人들만이 홀로 쓴다는 것은 아니지만, 男子들의 것에서보다는, 아모래도 그들의 會話에서 흔히 듣는 말이다.

그러키로 말하면,

"흥!"

하고 코우슴치는 것도, 女子들에게서 많이 보는 現像이다.

元來가 '코우슴'이란, 大部分이 '빈정거림'과 가튼 低劣한 感情에서 나오는 것이요 또 이 低劣한 感情이란 女性들이 豊富히 가지고 잇는 바이다.

까닭에,

"웨 안 그랬겠소?"

따위의 빈정거리는 말은 그대로 '女性의 말'일 수 잇다.

매우 不充分하다. 그러나 何如튼 우에 들어 말한 것으로, 우리는, '우리말'에도 '女性의 말'이 잇다는 것과, 그러나 그것이 무엇보다도 數量에 잇서 퍽으나 貧弱하다는 것은 알엇다. 事實, 創作의 實際에 잇서서, 우리들의 苦心은, 제법, '女人의 會話'를 어떠케 特色 잇게 하나, 함에 잇다.

여긔서 우리는 또다시 '語調의 表現'이라는 것을 생각 아니할 수 업다.

우리가 귀로 들어 이를 느끼는 것은, 男子들의 말이 直線的인 것에 비겨, 女子들의 말이 曲線的이라는 것이다. 그것을 어떠케 表現하여 보기로 하여—

假令,

안에서, 行廊房에나 부엌에 잇는 下人을 부르는 境遇에,

"아버—엄" "어머—엄"

하는 것은, 單純히,

"아범" "어멈"

을 길게 늘여 불럿을 뿐으로, 直線的인 것이나,

"아버—엄" "어머—엄"

하면, 이것은 分明히 抑揚이 잇는 말로 女人의 境遇에는, 이러케 表現하여야만 마땅한 듯십다.

이와 가튼 예로

"아－니", "으－응"

가튼 것을,

"아아니", "으으응"

으로,

"애－", "그래－"

가튼 것을

"애애", "그래애"

와 가티,

"이거보－"

따위는,

"이거보－오"

이러케 試驗하기로 하면 제법 效果的일 것이다.

또,

"갓섯서"

"갓섯서?"

"그랫서"

"그랫서?"

따위의, 이른바 '반말'이라는 것도 '女人의 會話'에 흔한 것인데,

그것들을, 境遇에 따라,

"갓섯서어"

"갓섯서어?"

“그랫서어”

“그랫서어?”

이와 가티 하면, 그 語調는 한층더 뚜렷함이 잇슬 것이다.

그러나 究竟, 이러한 것에 對한 硏究는 第二 第三의 問題요, 우리가 참말 '女人의 對話'를 取扱함에 잇서 能熟하려면, 무엇보다도 根本的으로, 女人들을, 女人들의 心理를, 女人들의 心情의 幾微를, 속기피 파헤치고 들어가 確實히 얻은 者가 업스면 안 될 것이다. 但只 女人의 것뿐이 아니라, 무릇, 왼갓 會話의 妙諦는, 그곳에서만 體得할 수 잇는 것으로, 이에 이르러 우리는 表現이 技術을 끈임업이 硏磨하는 것과 함께, 언제든 人生硏究를 게을리 하여서는 안 될 것을 새삼스러이 느끼지 안을 수 업다.

4. 文體에 關하여

言語에 잇서서든,

文章에 잇서서든,

우리는, 다만, 內容을 通하여 어느 一定한 意味를 전할뿐에 그쳐서는 안 된다. 반드시 그와 함께, 그 音響으로, 어느 漠然한 暗示를 讀者에게 主文을 하여야만 한다.

內容으로는 理智的으로,

音響으로는 感覺的으로,

동시에, 言語는, 文章은, 한 개의 文體를— 즉, '스타일'을 가졋다 할 수 잇다.

文藝 感想이란, (늘 하는 말이지만) 究竟, 文章의 感想이다.

까닭에, 만약, 어느 作品의 文章으로서, 오직 그 內容에 잇서 全體的 觀念을 表現할 뿐이요, 그 音響으로 그 意味 이외의 분위기를 빚어내는 것이 못 된다면 우리는 결코 그 作品에 興味를 가질 수는 업다.

言語의 內容과 音響이라는 것.

假令,

"沸騰" ―

하면, 沸騰을, 詩人 之容은 결코,

"비등"

이라고 읽지 안는다. '비등'이라는 것이 '沸騰'의 바른 음인 줄 알면서도, 그는, 반드시,

"불등"

이러하게 發音한다.

'불등'이라 읽든, '비등'이라 말하든, 그 表現하고 잇는 內容에 잇서서는 어듸까지든 가튼 '沸騰'인 것이나, 그 비저내는 雰圍氣, 우리에게 주는 暗示, 그러한 것에는 서로, 제법 큰 差異가 잇슴을, 소리내어 한두번 發音하여 볼 따름으로, 우리는 容易히 알 수 잇슬 것이다.

그리고, 이 '沸騰'의 境遇에 잇서서는, 亦是 '불등'이라고 發音을 하여야만, '沸騰'의 內容에 맞는, 激烈한 한 개의 雰圍氣를 비저내일 수 잇다.

또 좀 달은 例를 들자면―,

假令,

'아이스크림'과 '아이쓰꾸리'

原來로 말하자면, '아이쓰꾸리'란 '아이스크림'의 그릇된 發音으로, 이 두 개의 말은 전혀 똑가튼 한 개의 內容을 가지고 잇는 것임에 틀림업다.

그러나 그 音響은, 제각기 다른 물건을 暗示하고 잇는 듯십게나 들린다.

　‘아이스크림’

　하면, 우리의 연상은, 이를테면 끽다점의 탁자 위로 달리나,

　‘아이스꾸리’

　하면, 여름날, 한길 우에, 동전 한 닢 들고 모여드는 어린이들이 눈압해 떠오른다.

　이리하여,

　‘아이스크림’은 紳士淑女가 取할 것,

　‘아이쓰꾸리’는 애들이나 勞動者가 먹을 것, 마치 그러한 것 가튼 느낌조차 그것은 우리에게 준다.

　이러케 되면, 그 音響은 이미 어느 한 개의 분위기를 비저내일 뿐이 아니다. 한걸음 더 나아가 內容까지를 干涉하려든다.

　이번에는 또 다른 方面에―,

　假令,

　‘위트’와 ‘機智’

　‘유머’와 ‘諧謔’

하면, 이것은 意味로서는 區別이 업서도, 스타일로 말하자면, 서로 差異가 잇다. 그리고 이 幾回에 우리가 알아야 할 것은, 그 差異가 단 그 音響으로부터만 나는 것이 아니라, 실로 그 제각각의 字體, 字型이 우리의 視覺에 주는, 결코 가벼웁게 볼 수 업는 影響으로부터도 오는 것이라는 事實이다.

　그러나

　結局, 言語의 選擇이란, 文體 成立에 잇서 極히 初步的 問題에 지나지

안는다.

그보다도 그 選擇된 語句를 어떻게 效果的으로 배열하여, 가장 含蓄 잇는 文章을 이룰 수 잇나 하는 것이 가장 큰 問題일 것이다.

그것은, 그러나, 文章에 對하여 아즉 공부가 작은 나의, 지금 이 자리에서 能히 論할 수 잇는 것이 아니다.

5. 女流作家

朝鮮文壇은 한 사람의 女流作家도 가지고 잇지 안타.—이러케 말하면, 혹 忿怒할 이가 잇슬지도 모르나,

假令,

‘崔貞熙’—하면 ‘崔貞熙’, ‘白信愛’—하면 ‘白信愛’. 아무튼 좋다. 여하튼 朝鮮의 ‘女流作家’들은, 이제까지 ‘女流作家다운’ 한걸음 더 나가서 ‘女流作家가 아니고는 못 쓸’ 그러한 한 篇의 作品도 發表하지 안앗다.

朴花城 氏는 現 文壇에 잇서, 가장 活躍하는 作家의 한 名이다. 그러나 그의 모든 作品은, 그 作家 女性됨을 主張하는 아모 것도 가지고 잇지 안타. 우리가 作家 朴花城 氏에게 느끼는 가장 큰 不滿은 여긔 잇다.

이 點에 잇서, 나는 敢히, 朝鮮文壇이 한 名의 女流作家도 가지고 잇지 안타.—그러케 말하는 것이다.

우리는 이제 外國作家의 作品에서 ‘女流作家다운 表現’, ‘女流作家가 아니고는 못할 描寫—, 그러한 것을 求景하기로 한다.

英國의 傑出한 女流作家 ‘캐서린 맨스필드 女史’의 「茶 한잔」 속에—,

‘로우즈머리 펠’은 天下一色이랄 만큼 그레케 어여쁘지는 못하엿습니

다. 아니, 비록 당신이 그리 말하고 십다드라도 그것은 어려울 것입니다. 그러면, 그저 좀 예쁠까? 네. 그야 눈이니, 코니, 입이니, 하고 조각조각이 낸다면야……. 그러나, 아모리 기로서니 사람을 조각조각이 내도록이나 殘忍하여서야 쓰겠습니까? 이여튼, 그는 젊고, 聰明하고, 아조, 더할 나위 업이 '모던'이고 衣服治裝이 대단하고, …… (중략) …… 그들은 부자엿습니다. 그저 웬만큼 산다는 것이야 텁텁하고 칠칠한 것이 아무개의 할아버지니 할머니니 하는 것 가튼 느낌을 주는 것이지만, 그들은 그런 것이 아니라 정말 부자엿습니다. …… (중략) …… 로우즈 머리는 기−다란 장갑을 끼엇습니다. 이러한 것을 상고하여 볼 때에는 그는 언제든 장갑을 벗는 것이엇습니다. 그는 그것이 마음에 들엇습니다. 그는 그것이 귀여워 어쩔 줄을 몰랏습니다. 그는 그것을 사지 안을 수 업엇습니다. 그리고 그 크림빛 나는 상자를 이리저리 돌리며, 뚜껑을 열엇다 다엇다 하는 중에도, 그는 파−란 '벨벳'을 배경(背景)으로 하고 잇는 자긔의 손이 얼마나 고혹적(蠱惑的)의 것인가 하고 생각하지 안을 수 업엇습니다 …… (중략) …… (몽보 譯)

6. 총명하다는 것

表現—

描寫—

技巧—

를 勿論하고, '新鮮한, 그리고 또 銳敏한 感覺'이란, 언제든 必要한 것이다.

新鮮하다는 것.

銳敏하다는 것.

이것들은 오직 이것만으로 이미 價値가 잇다.

‘新鮮한, 그리고 또 銳敏한 感覺’은 또, 반드시 ‘機智’와 ‘諧謔’을 理解한다.

現代文學의 가장 顯著한 特徵의 하나는, 아마 그것들이 매우 넉넉하게 이 ‘機智’와 ‘諧謔’을 그 속에 담고 잇다는 것일 게다.

事實, 現代의 作品은, 이러한 것들을 갓는 일 업이, 決코, 現代의 優秀한 讀者들에게 ‘愉悅과 滿足’을 주지는 못한다.

까닭에—

‘感覺’이 날고, 무듸고, ‘機智’가 업고, 그리고 또 ‘諧謔’을 아지 못한다면—, 쉬웁게 말하여, 聰明하지 못하다면, 그는 이미 現代의 作家일 수 업다.

聰明은—,

우리가 누구나 탐내어 마지안는, 한 개의 傑出한 ‘素質’이다. 그러나, 그리려고 하여, 결코, 우리가 꾀하여 얻을 수 업는, 그러한 種類의 것은 아니다.

새로운 知識과 또 體驗—, 그러한 것들을 通하여, 만약, 우리가 항상 그것을 뜻하고만 잇다면, 우리는 틀림업시 하루하루 ‘聰明’에 가까이 이를 것이다.

7. ‘博物誌抄’

「紅蔔」의 作者 ‘쭈－ㄹ 루나르’[*]
그의 表現은 素朴하고, 單的이면서도, 무척이나 技巧的이다.

---

* 쭈ㄹ 루나르 : 쥘 르나르.

그의 『博物誌抄』는 나의 가장 愛讀하는 것의 하나로, 이제 그 속에서 한둘 標本을 고르기로 하면—

배암

너무 길엇다.

개미

한 마리 한 마리가 3자와 흡사하다. 그것두 많기두 하이!
3 3 3 3 3 3 3 3 3 3 3 3 3 3 3
아 아 한이 업구나.
(岸田國士씨 역에 의함)

‘루나르’는 一八六四年에 나서, 一九一〇年에 죽었다. 그러나 이곳에서 그가 呼吸한 空氣는 決코 過去에 속한 것이 아니다.

8. 어느 두 개의 技巧

外國, 어느 作家의 것이었든가, 그의 作品에서 이러한 試驗을 본 일이 잇다. 한 六, 七年 前의 ㅅ말—.
電信柱 우에 올라안저 일하고 잇는 電信工夫와 그 알애 서 잇는 사람과 사이의 對話를, 하나는 보통으로, 또하나는 거꾸로
假令—,

“참, 성진이 밧소?”

“?웨 … 데는밧못”

이러케 活字를 配列하여 노흠으로써, 作者는, 우에서 알에로 나려오
는 말과, 아레서 위로 올라가는 말과 사이에, 明確한 區別을, 그대로, 讀
者의 視覺 우에 갓게 하엿다.

또 하나―.

어느 音樂會에서, (或은 音樂會가 아니엿을지도 몰으나) 한 사나이가
그의 戀慕하는 女子에게 自己와의 結婚을 要求한다.

그것에 對한 女子의 對答은,

“할 수 업습니다.”

그러한 種類의 것이었다.

(그러나, 이러케만 말하면, 그곳에는, 勿論, 아무런 新奇도 업다.)

問題는―,

바로 그 瞬間에, 이제까지 요란스러이 演奏하고 잇던 오―케스트라가
뚝 그티고, 그 까닭으로 하여, 女子의 拒絶하는 말은, 必要 以上으로, 퍽
으나 크게 들렷다는 것에 잇다.

作者는, “할 수 업습니다”를 印刷함에, 특히 큰 活字를 要求하엿다.

이러한 例는 들라면, 얼마든지 잇겟스나, 번거러움을 避하야 이만 두
기로 하고―,

何如튼, 우리는 이곳에서 現代作家의 ‘機智’를 본다. 그리고 그것은
적어도 우리를 不快하게 만들지는 안는다.

그러나 여긔서 우리가 생각하여야 할 것은, 이러한 機智가, 技巧가, 그
것뿐으로, 오즉 그것뿐으로 한 作品의 生命이어서는 안 된다는 것이다.

그야 勿論, 그런 것만으로, 오즉 그런 것만으로 능히 한 개의 作品을

이룰 수야 잇다. 그러나 그것은 이른바 '讀者의 心琴을 울리는' 그러한 種類의 作品일 수는 업다.

그것을 우리는 알어야 한다.

9. 도-테-

이 幾回에, 우리는, 우리가 배우기에 족한 技巧를 過去의 名作에서 하나 골라 보기로 한다.

알퐁스 도-테-(一八四〇~一八九七年)의 「사포-」속의 主人公인 젊은이가, 情婦를 두 팔에 안고 충계를 올라가는 대문을 보면-,

……………

第一層은 한숨에 올러가 버렸다. 통통한 두 팔이 목을 안아 감기는 감촉이란 아모 것과도 비길 수 업게스리 좋앗다.

第二層은, 물론, 훨씬 길엇다. 계집의 몸이 추욱 늘어진 까닭에, 훨씬 짐이 무거워젓다. 처음에는 다만 근지러운 것이 일종 쾌감을 주엇든, 銅製 팔찌가 차츰차츰 살에 박히기 始作하엿다.

第三層에서는, 그는 마치 피아노 運搬夫와같이 헐떡거렷다. 숨이 가뻣다. 계집은 꿈꾸는 듯이 눈을 가늘게 뜨고 "아이 조화라, …… 아이 조화……" 하고 중얼거렸다. 한거름 올러가 마즈막 二 三段이, 그에게는 엄청나게나 노픈 사다리와 가티 생각되었다. 兩便의 壁이며, 欄干이며, 좁은 窓이며, 모든 것이 限업시 기인 螺旋形으로 보엿다. 그가 안고 잇는 것은, 이미 계집이 아니엿다. 숨이 막히도록 엄청나게나 묵어운, 그냥 무슨 物件이었다. 一種의 憤怒조차, 이제는, 느끼며, 산산조각에 나라고, 아모러케나, 그곳에 내어던지고만 시퍼 못 견듸엇다.

…… (하략) ……

(武林無想庵씨 역에 의함)

이것이 「사포―」1篇의 發端이요, 同時에 그 作品 全篇의 要約이다.

정부라는 것에 對한 感情.

사랑의 階段.

그러한 것을 용하게도 比喻한 句節로, 이것은 이미 너무나 有名하거니와, 이제 다시 되풀이 읽어보매, 그 興趣―가히 無限한 자가 잇슴을 느낀다.

10. 단편의 결말

한 개의 作品을 대체 어디서 그칠까―하는 것은 매우 重大한 問題다.

創作에 未熟한 이는 언제든 여긔서 失敗한다. 또 상당한 訓練을 쌓은 이라 할지라도, 이것만은 제법 問題가 아닐 수 업다.

이것은 長篇에 잇서서보다도 特히 短篇에 잇서 그러하다.

短篇小說이란, 元來가 藝術的 洗練이 업시는 애초부터 成立되지 못하는 것이라, 그 終結이 非技巧的일진대, 그 作品은 대개 失敗作이 아닐 수 업다. 勿論, 이것은 結末의 問題에만 그치는 것이 아니다. '技巧'라는 것은 短篇小說 制作에 잇서 지극히 重要한 問題요, 또 따라서 모든 卓越한 短篇作家들은, 동시에, 그러케도 우수한 技巧家이엇다…….

이 '終結'의 중요성을 고려하여, 인출된 한 手法으로, 作品의 結末에 한 개의 '경이'를 담아 놓는 것이 잇다.

그 作品 內容의―이야기 줄거리의―가장 중요한 部分을 될 수 잇는 限度로 最後까지 保留하여 두엇다가, 結末에서 비로소 公開하는 手法―. '모파상'의 「목거리」와 가튼 것은 可히 이 手法을 使用한 代表的 作品일 것이다.

넘우나 有名한 이 作品의 境遇를 새삼스러이 이곳에서 들어 말할 것도 업겟으나, 이제 簡單이 이야기하자면―,

文部省 素官에게 시집 갈 수박게 업섯든 한 美人이 잇섯다. 그는 매우 虛榮心이 豊富한 女人이엿스나, 물론 그곳에는 그의 虛榮心을 滿足시킬 만한 衣裳도 寶石도 업섯다. 그것이 늘 恨이 되어, 後悔며, 絶望이며, 苦悶으로, 그는 날을 보냇다.

그러자 어느 날 남편은 大臣邸에서 열리는 夜會의 招待狀을 어더가지고 돌아왓다. 그러나 입고 갈 만한 조흔 옷이 업다고 안해는 울고 짜고 한다. 가까스로 옷을 장만하여 주니까, 이번에는 또 패물이 업다고 뾰쭉 한다. 그러나 마침내 한 꾀를 내어 그가 아는 女子에게 가서 金剛石 '목거리'를 빌렷다.

그 목걸이를 夜會에서 紛失한 것이 그들의 不幸의 始初다. 警視廳에다 居出을 하는 둥, 篇當 廣告를 내는 둥, 別 方法을 다 講究하얏스나, 紛失物은 돌아오지 안앗다. 하는 수 업이 그들은 내올 수 잇는 빗은 모다 내어 일허버린 것과 똑가튼 '목거리'를 三萬 六千 푸랑에 求하얏다. 그래 '목거리'만은 감쪽가티 돌려보냇스나, 그 莫大한 負債를 갑기 爲하야 그들은 왼갓 고생살이를 하지 안흐면 안 되엿다.

十年이 지나 負債만은 겨우 갚앗다. 그러나 그 十년 동안에 안해는 넘우나 늙엇다. 살결은 거츨대로 거츨고, 머리는 아모러케나 흐트러지고, 손은 시뻘언 것이 그러케도 모양업섯다. 까닭에, 그가 어느 날, 거리에서, 前日 '목거리'를 빌렷든 婦人을 맛나, 알은 체를 하얏서도 前이나 한가지로 젊고, 또 아름다운 그 婦人은, 그를 쉽게 알허보지 못하얏다.

그는 그곳에서 비로소 自己가 그 '목거리'를 紛失하얏다는 것과, 그와 똑가튼 것을 求하기 爲하야, 莫大한 負債를 질머지지 안흐면 안 되엿다는 것과, 또 그 負債를 淸算하기 爲하야 十년이나 苦生한 이야기를 한다.

이야기를 듣고 난 婦人은 가장 미안한 表情을 하고 원래 自己의 '목거리'는 겨우 五百푸랑밖에 안 되는 模造品이엇섯다고 말한다.

이 結末―

"저런 가엾을 데가 잇나. 내 '목거리'가 그게 가짜라우. 오백푸랑바게 안 되는걸!"

이 한 句節은 實로 그러한 種類의 手法의 可히 代表的의 것이라 하겟다.

그러나 勿論 이것은 '모―파상'의 作品에서만 볼 수 잇는 것이 아니다. 단지 手法만 가지고 말하자면, 美國의 '오―헨리'와 가튼 作家가 더 問題되어야 마땅할 것이다.

事實, '오―헨리'의 作品은 어느 것이나 거의 다 한 개의 '驚異'를 그 結末에 가지고 잇다. 「현자의 선물」이나, 「이십 년 후」나, 「사기」나, 또는 「자동차 대어놓고」나…….

그러나 이 手法은 그렇게도 技巧的이요, 同時에 效果的인 反面에 적지 안은 危險을 가지고 잇다.

그것을 우리는 알아야 한다.

이 手法은 特히 靑年作家의 호상에 맞는 까닭에 오직 이 한 개의 技巧를 爲하여 藝術作品으로서 技巧 以上으로 尊重하여야 마땅할 것들을 犧牲하지 안으면 안 되는 危險—그러한 危險을 往往히 招來한다.

우선 모—파상의 「목거리」부터가 듭이한 결함을 가지고 잇다, 볼 수 잇다.

結末의 한 句節—그 敬歎하기에 족한 한 개의 技巧로 말미암아 女主人公의 十年간의 '고생살이'는—그 美德은 아무 보람도 업는 것이 되고 말엇다.

이 점을 우리는 생각하여야 한다. 創作에 잇서 우리는 자유로웁게 또 솜씨 잇게 '技巧'를 驅使하여야지 '技巧'의 支配를 우리가 바더서는 안 된다.

그러나 亦是 그 守法은 그러케도 물리치기 어려운 매력을 가지고 잇다.

11. 心境小說

즉 心境小說이라는 것 私小說이라는 것 또는 身邊小說이라는 것…… 그러한 것을 無條件하고 排斥하려는 사람이 잇다. 그러나 우리는 그러한 사람과 결코 意見을 한 가지 할 수 업다.

한 作家가 素材에 궁한 나머지 自己의 私小說에서 취재하여 製作한 中에 極히 低劣한 作品이 間或 發見되는 것은 事實이다. 그러나 그것을 가져, 곧, 心境小說, 私小說이 값어치 업는 것같이 생각하려 하는 것은 一種의 맹단일 뿐이다.

그것은 오직 그것이 低劣한 作品인 까닭에 低劣할 뿐이지, 결코 作家의 私生活을 取扱한 까닭에 低劣한 것이 아님으로써이다.

이른바 本格小說이라는 것에 잇서서도, 그 思想이야 말할 것도 업거니와, 그 人物들의 心理 解剖로부터 事件의 枝葉 部分에 이르기까지, 무릇, 作者 自身이, 作者 自身의 實生活이, 關與하지 안는 것은 드물 것이다.

그야 勿論, 本格小說은, 心境小說이나 그러한 것에 比하야 훨씬 큰 世界를 가지고 잇다. 그 取才 範圍의 廣範함, 內容의 多衆性, 그러한 것에 잇서 도저히 私小說류의 따라 미칠 바이 아니다.

그러나 이른바 身邊小說이라는 것은 그 世界야 좁은 것임은 틀림업스나, 그 대신에 그곳에는 '깊이'라는 것이 잇는 것이 아닌가?

어떠한 걸출한 作家에게 잇서서라도 그가 참말 自身을 가져 쓸 수 잇는 것은 구경, 평소에 自己가 익히 보고, 익히 듣고, 또 익히 느끼고 한, 그러한 世界에 한할 것이다.

特히, 한 作家가, 創作에 잇서서의 '心理解剖'의 修鍊을 爲하여서는, 가히 心境小說 製作을 꾀함보다 더 나은 자 업슬 것이다.

或 어떠한 이들은, 私小說이란 그러케도 容易히 製作되는 거나가치 생각하려 드는 傾向이 잇스나, 그것은 얼핏 그러한 듯하면서도, 크게 옳지 안다. 自己의 일을, 自己가 關與한 일을 쓰기란, 決코 그러케 容易한 것이 아니다.

假令,
優秀한 巖面 描寫를 보여주는 作品이, 作家가, 우리 文壇에는 거의 업다. 특히 '魔窟'이나, 그러한 方面에서 取才하야 成功한, 한 개의 作品이라도 잇슴을, 우리는 아직 몰은다.

이것은, 或은, 朝鮮 作家가 品行 方正한 까닭인지도, 또는 君子라 이러한 方面에 興味를 아니 갖는 까닭인지도, 우리는 알 수 업다. 그러나 다만 한 가지만은 斷言할 수 잇다.

卽, 아모러한 作家라도, 汪汪히 自己의 名譽라는 것을, 또는 家庭의 平和라는 것을, 돌보지 안흐면 안 되는 것이라고—.

事實, 한 作家가 眞理를 굽히지 안기 爲하야, 自己 自身의 그리 아름다웁지 안은 '발가숭이'를 그대로 내놀 수 잇다면, 그는 그 態度에 잇서서만이라도, 이미 한 개의 훌륭한 作家인 것이다. 私小說 製作은 그러한 意味에 잇서서도, 作家에게 有意義하다.

그러나, 그러한 '得失'이야 어떻든 우리 文壇에는, 좀더 優秀한 心境 小說이 나와도 좋을 듯십게 生覺된다.

12. 人名에 對하야

自己 作品의 '이름을 定함에 잇서 苦心 안 하는 作家'란 업슬 것이다.

그야 勿論 그 사람과 또 그 境遇에 따라 程度의 差異라는 것은 잇슬 것이나 한 作品의 '이름'이란 그 作品의 內容의 一部分인 까닭에 全然 이것을 等閑視하는 것과 가튼 作家를 우리는 想像도 할 수 업다.

그러나 이것은 다만 作品 表題에만 限하는 것이 아니다.

우리가 作中人物을 命名하는 境遇에 잇서서도 亦是 적지안은 苦心이 그곳에 必要하다. 뿐만 아니라 다른 이들은 어떠한지 알 길 업스나 적어도 나에게 잇서서만은 그 苦心이 作品 表題의 境遇에 잇서서보다도 分明히 크다.

그러면서도 나는 나의 옅은 經驗에 잇서 일즉이 自己 作品 中의 人物 名에 滿足한 일이 업다.

'오노레 드 발작크'는(아마 발작크엇든가 한다) 作中人物의 '이름'을 爲하여 오직 그 한 개의 '이름'을 爲하여 巴里 市中을 看板을 상고하며 헤매돌앗다 한다.

나는 勿論, 아즉까지 남의 집 門牌를 調査하며 다닌 經驗은 갓지 안엇다. 그러나, 人名錄 會員錄, 그러한 種類에서, 마음에 드는 '이름'을 求하여 한 일은 잇다.

人名에 잇어, 우리가 尊重하는 것은, 그 '字體'나, '字義' 보다도, 오히려 그 '字音'이라 하겟다.

그것이 萬若 可能한 일이라면, 우리는 오즉 그 人名의 發音을 通하여, 그 人物을, 그 人物의 性格을, 敎養을, 趣味까지를, 방불케 하고 십다. 그리고 또 '字體'와, '字義'를 가져—字音과 字體로는 感覺的으로, 字義 로는 理智的으로—,

우리가 「文體에 關하야」 한 말은, 여기에도 그대로 適容된다. 그러나 그것은, 오직, 입에 내어 말하기 容易할 뿐이요, 이 方面에 官한 論難은, 元體가 어렵고, 또 내 自身 亦是 아모런 별 準備가 업슴으로, 이를 다른 機會로 밀기로 하고, 여기서는 人名과 助詞의 關係—, 그리고 그것이 우리에게 주는 感覺的 影響—, 그것만을 생각하여 보기로 한다.

왼갓 이름은, 이름 '아랫자'에 받침이 잇는 것과, 또 업는 것과, 이렇게 두 가지로 나눌 수 잇다.

이제 實在의 人名을 들어 말하자면,

假令,

李光洙와 廉尙涉.

(이러한 境遇에, 두 분 先生의 尊稱을 함부로 引用하는 罪를, 우리의 조그만 硏究를 爲하야 容恕하여 주십시요)

이 두 이름에 各各 助詞를 붙여, 比較하여 보면,

(李光洙 氏)의 ― "李光洙가, 李光洙는, 李光洙의, 李光洙와, 李光洙를"과 가튼 것에 對하야

(廉尙涉 氏)에게는 "廉尙涉이, 廉尙涉은, 廉尙涉의, 廉尙涉과, 廉尙涉을,

과 가튼 境遇와 함께,

"廉尙涉이가, 廉尙涉이는, 廉尙涉이의, 廉尙涉이와, 廉尙涉이를"

과 가튼 또한 境遇가 잇슬 것이다.

이것은, 분명히, 廉尙涉 氏가 '涉'자와 가튼 '받침'이 잇는 글자를, 이름 아랫자에 가지고 잇는 까닭으로하여, 받지 안흐면 안 되는 損失이다.

李光洙 ―.

하면, 그것으로 足하다. 아모러한 기벽을 가진 이라도, 결코,

"李光洙이 ―,"

하고 부르는 수는 업다. 그러나 廉尙涉 氏의 境遇에 잇서서는

"廉尙涉 ―."

하는 것과 同時에, 萬若 그 사람이 言語에 對하야, 無神經하고, 또 氏에

對하야, 敬意를 喪失하고 잇다면, 그의 이름은

"廉尚涉이―."

이러케 불리워질 危險이 잇다. 이름 밑에 '이'와 가튼 것이 부트면, 勿論 그것은 매우 輕薄하게 우리 귀에 울린다. 뿐만 아니라, 이름 밑에 '이'가 붓는 境遇에는, 必然한 形勢로, 그 性이 省略되는 傾向이 잇다.

卽,

"尚涉이―."

이러하게.

까닭에, 나는 내 作品에 잇서 무릇 내가 好意를 가질 수 잇는 人物에게는, 언제든 그 '아랫자'에 밧침이 업는 이름을 使用하기로 한다.

13. 二重露出

우리가 作品製作에 잇서, 새로운 手法을 試驗하여 보는 것은, 언제든 必要한 일이요, 또 意義 잇는 일이다.

여긔서 우리는 映畵 手法의 效果的 應用이라는 것에 關하야, 生覺하여 보기로 한다.

이 새로운 藝術, 映畵는, 그 歷史가 지극히 새로운 것임에도 不拘하고, 짧은 時日에 그러케도 飛上한 進步를 우리에게 보엿다. 그와 함께, 그것은 우리가 배울 제법 많은 물건을―, 特히 그 手法, 그 技巧에 잇서, 가지고 잇다.

나는 그 中에서도 特히 '오후 뻬렙'**의 수법에 興味를 느낀다. 그리고 나는 實際로 나의 作品에 잇서, 그것을 試驗하여 보았다. 그러나 勿論 그것은 나만이 생각할 수 잇섯던 것은 아니었을 게다. 最近에, 『율리시—즈』를 읽고 제임스 조이스도 그 가튼 試驗을 한 것을 알았다.

워낙이 과문인지라, 이 밖에 또 다른 例를 아지 못하거니와, 그래도 하여튼, 이 '二重露出'의 수법은 文藝家들에게 적지안은 興味를 주는 것임에 틀림업슬 것이다.

이제 實際의 例를 들기로 하고—,

(『율리시—즈』에서라도 引用하엿으면 조킷으나, 그것은 그다지 適當한 例라고 생각되지 안코, 또 그 效果에 잇서, 나로서는 그다지 自身을 가질 수 업는 까닭에, 이곳에서, 나는, 그것이 무치한 짓인 줄은 아나, 다만 便宜上, 나의 作品『구보씨의 일일』에서 이 첫 試驗을 끌어 말하기로 한다.)

—小說家 구보는, 그의 벗, 다료 主人과 같이 대창옥으로 설렁탕을 먹으러 간다. 그는 그 조금 전부터, 東京에서 일즉이 自己와 交涉이 잇섯던 한 女性을 생각하고 잇섯던 것이다. 그 女性을 구보가 알게 된 것은, 그가 다방에다 잊어버리고 간 한 권의 대학 노트를 통하여서다. 그 노—트 틈에는 그 女性에게 온 葉書가 끼여 잇섯다.

그것으로 구보는 未完의 女性의 下宿과 또 氏名을 알고, 드디어 찾아가 보았던 것이다.

그 大文을 引用하면—,

** 오후 뻬렙 : 오버 랩.

茶寮에서 나와, 벗과 대창옥으로 향하며, 구보는 문득 대학 노一트 틈에 끼여 잇섯든 한 장의 葉書를 생각하여 본다. 勿論 처음에 그는 망살거렷섯다. 그러나 女子의 宿所까지를 알 수 잇섯으면서도, 그 한 기회에서 몸을 피할 수는 업섯다. 그는 위선 젊엇고, 또 그것은 興味잇는 일이엇다. 小說家다운 왼갓 妄想을 즐기며, 이튿날 아침, 구보는 이내 女子를 찾엇다. 牛込區 矢來町. 그의 주인집은 新潮社 근처에 잇섯다. 人品좋은 主人 여편네가 나왓다 들어간 뒤, 玄關에 나온 노一트 主人은 分明히…… 그들이 걸어가고 잇는 쪽에서 美人이 왓다. 그들을 보고 빙그레, 웃고 지낫다. 벗의 茶寮 옆, 카페 여급.

　　…… (중략) ……

　─대창옥에서, 구보는 벗과 마조 앉어, 설렁탕을 먹으며, 亦是 지난날의 그 女子 생각을 한다. 그날 구보는 그 女子와 택씨를 타고, 武藏野館으로 향하엿든 것이다.

그들이 武藏野館에서 自動車를 나렷을 때, 그러나, 仇甫는 暫時 그곳에 우둑 서 잇슬 수밧게 업섯다. 그것은 뒤에서 나리는 女子를 기다리기 위하여서가 아니다. 그의 아페 外國婦人이 빙그레 우스며 서 잇섯든 까닭이다. 仇甫의 英語敎授는 男女를 번갈어보고, 새로이 意味深長한 우슴을 웃고, 오늘 幸福을 비오, 그리고 제 길을 걸엇다. 그것에는, 或은 三十 獨身女의, 젊은 男女에게 對한 빈정거림이 잇섯는지도 몰은다. 仇甫는, 少年과 가티, 이마와 콧잔등이에 無數한 땀방울을 깨달엇다. 그래 仇甫는 바지주머니에서 手巾을 끄내여 그것을 씻지 안흐면 안 되엇다. 여름 저녁에 먹은 한 그릇의 설렁탕은 그러케도 더웠다.

　　…… (하략) ……

現在와 科學의 交涉, 現實과 幻想의 交着, 그러한 것을 우리 技巧的으로, 또 效果的으로 表現함에, 이 手法은 分明히 必要하다.

또 이바게 것에 關하여서는 다른 機會로 밀고, 이번은 이것만으로 끄치기로 한다.

〈조선중앙일보〉, 1934. 12. 17~31.

바다ㅅ가의 노래

1

松鶴館옆 솔나무에다 依支하여 매어놓은 '그네'는 아모나 할 수 있는 것이 아니다.

솔나무 허리에 붙어 있는 洋紙조각에는 다음과 같은 글이 墨으로 씨여 있었다.

主 意

대인은 - 위험하온니

줄에 오르지마시요

나는 勿論 '대인'임에 틀림없었으나 아침 저녁으로 사람이 그곳에 뜸하면 곳잘 그네에 올라 이제는 다시 돌아갈 수 없는 어린 時節을 애닯게도 그리워하였다. 물속에 들어가기를 질기지 않는 나는 모처럼 찾어온 이곳 海水浴場에 있어서도 심심하고 또 승거웁기가 짝이 없었으므

로 때때 그렇게 아이들 틈에가 끼여 그네라도 한다든 하는밖에 別道理
가 없는 것이다.

2

하로ㅅ날 저녁 내가 食後의 運動을 兼하여 松林 속을 그네 있는 곳까
지 갔을 때 그러나 뜻밖에도 그네는 閑暇로웁지 않어 그 우에는 한 젊은
女人이 올라 있었다.
그도 나나 한가지로 어린 時節에의 그윽한 鄕愁를 느꼈든 것일까?—
二十이나 그렇게 된 색씨는 勿論 이미 '대인'이었다.
내가 그곳에 거름을 멈추고 그를 暫間 직혀보았을 때 그러나 비로소
나와 視線이 마주친 妙齡은 瞬間에 얼골을 붉히고 좀더 童心을 戱弄하
는 일 없이 곳 그네에서 뛰여나려 거의 다름질 치다싶이 그곳을 떠나버
렸다.
지나는 女人이 젊고 또 아리따울 때, 나는 거리 우에서도 곳잘 거름을
멈추고 그의 뒤ㅅ모양을 바라보는 風習이 있다. 이날 나는 그네에 올을
것도 잊고 한참을 그가 살아진 곳만 茫然히 직혀 보았다 …….

3

달도 없는 어느 날밤 나는 바다ㅅ가에 나와 참으로 오랜동안을 모래
우에 뒹굴며 놀았다. 이러한 때 사람들은 흔히 荒唐無稽하게도 哀愁를
느끼고 感激을 갖고 한다.

내귀는 바다ㅅ가의
조개 껍데기
물결치는 소리가
그립습니다.

즈앙 콕토―도 생각해 내고

눈을 감어도 마음에
떠오르는
아모것 없네
외로히도 또다시 눈을
뜨고 마누나.

啄木(다쿠보쿠)의 短歌도 외워 보고 하였을 때 나는 문득 어둠 속을 바람에 날러오는 노래소리에 놀랐다.

몇일후우 몇일후우
요로단가앙 거언너가아 마앛나리이
몇일후우 몇일후우
요오단가앙 거언너가아 마앛나리이

나는 저도 모를 사이에 모래를 차고 일어나 노래소리를 더들어 그 主人을 찾었다.

(누가 이 어둔밤에 죽음을 생각하고 있누? ……)

모래 우에 내버려둔 낡은 木船에가 기대앉어 머얼리 明沙十里 편을 바라고 있는 女人은 내가 그의 옆에까지 가도 놀라 고개를 돌리거나 하지 않었다 …….

4

　몇일 지나 나는 드듸여 女人의 居處하는 곳을 알어내고야 말았다. 松濤園 뒤 조고만 草家집, 國際通運會社 元山支店에 勤務하고 있는 젊은 이의 거는방을 貰내어 女人은 손수 朝夕을 지여먹고 있었다.
　'다마네기'를 살어나온 그와 나는 다음과 같은 會話를 하였다.
　"오래애 여기 계시겠읍니까?"
　"네에. 한여름 있을려고 오긴했죠만 ……."
　"午後에 市內를 들어갔다 올까 허는데 付託헐 게 있으시면 말슴헙죠."
　"고맙습니다. 무어 別로 ……."
　女人은 勿論 辭讓하였으나 나는 그의 處所도 나 있는 곳이나 한가지로 應當 파리가 많으리라고,
　(파리채를 하나 선사 하리다 …….)
　이러한 어림도 없는 선물을 생각해내고는 혼자 좋아하였다.

5

　그러나 그날 午後에는 비가 나리고 이튿날은 서울서 벗이 찾어오고 그래 사흘 되는 날에야 市內로 들어가 파리채를 求하여 갖이고
　(그의 앞에 이것을 내여놓을 때 그는 大體 어떻게 놀랄 것일꼬?……)
　불이낳게 松濤園 뒤로 그를 찾었을 때, 그러나 그는 이미 어저께 그곳을 떠나 서울로 돌아간 그 뒤였다.
　마음씨 공은 할머니는 어제까지 그가 居處하는 房으로 나를 引導하여

내가 뭇는 대로 女人의 이야기를 들려주었다.

"身歲가 가엾은 사람이죠.

시집간 지 이태 만에 男便이 죽고 그 男便이 不足症이기 때문에 이 색씨도 그 病이 옮아서 그래 우리집이 와서도 藥을 대려먹고 있었죠. 올에 갓스물이라는데 어서 病이나 고처갖이고 다시 좋은 데루 시집이나 갔으면 그만 고마울 데가 없으련만 죽은이 생각을 아마 자나 깨나 허나 봅되다 ……."

나는 갖이고 갔든 파리채를 할머니에게 傳하고 호올로 바다ㅅ가로 나왔다.

그가 애닯게 노래 부르든 낡은배 있는 곳으로 찾어가 그곳에 오래 머물러 있었을 때 나는 저도 몰으게 啄木의 短歌를 改作하여 몇 번인가 되푸리 읊으고 있었다.

눈을 감으면 마음에 떠오르는
그 님의 생각 그 생각이 애닯허
다시 눈을 뜨누나

이것은 나의 슲흔 心思인 것과 함께 必然코 그 女人의 외로운 情懷이기도 하리라.

『여성』 2권 8호, 1937. 8.

내 藝術에 對한 抗辯
― 作品과 批評家의 責任

慶午年 十月 『新生』誌에 發表된 拙作 「수염」이 내게 잇서서는 이를테면 處女作이다. 以來 七八年間 나는 數三十篇의 作品을 制作하여 왓고 그 中의 몇몇 作品은 月評에 올라 더러 是非가 되엿든 듯십다.

어느 境遇에 잇서서는 作家로서 그대로 잠자코 잇슬 수 업는 따위의 評言을 들은 일조차 잇스나 나는 그러한 것에 對하여서도 일즉이 單 한 번이라 붓을 들어 抗辯을 하여 본다든 그런 일이 업섯다. 그러나 그러타고 하야 그들 批評家들의 나의 作品에 對한 裁斷을 그 모두가 至極히 올흔 것이라 하야 스스로 마음에 容納한 것은 毋論 아니다. 나는―매우 북그러운 말이기는 하지만―무슨 일에든 좀 게으르고 또 끈끼가 업는 사람인 것 갓다. 어떠한 일을 對하여서든 始初에는 그 熱이 미히 볼 만한 者가 잇서도 그것이 決코 오래 가는 일 업시 얼마 지나지 못하야 식어버리고 만다. 이것은 매우 有感된 氣質로 이 缺乏으로 하야 나는 얼마나 實生活에 잇서 적지안흔 損失을 밧고 잇는지 스스로 헤아릴 길이 업는 것이나, 타고난 것이니 어찌한다는 道理가 업다.

無責任한 批評家의 不當한 論評에 對하여서는 나는 그 게으름에도 不

拘하고 쉽사리 興奮하고야 만다. 興奮하고서도 마음에 잇는 것을 輕率하게 입박게 내지 안흘만큼, 나는 怜敏하지도 能하지도 못하다. 그래 至極히 不快하고 또 憂鬱한 가운데서 나는 나의 不平을 아무에게든 吐露하지 안흐면 안 된다. 나의 呼訴를 들은 이는 또 들은이대로, 이것은 이러고 잇슬 것이 아니라 그러한 不當하고 또 無責任한 批評에 對하여 마땅히 抗辯을 試驗하여야만 할 것으로 그것은 作家로서의 當然한 權利이기조차 하다고 일러준다. 勿論 그러한 通告가 設或 업섯다 하드라도 나는 亦是 나대로 한마디 抗議가 업슬 수 업다고 스스로 생각하엿던 터이다.

그래 나는 얼마를 册床 아페 안저 頭腦가 그다지 明晳하지 못한 듯시픈 該 評論家를 大體 어떠케 하면 一擧에 물리칠 것인가 綿密하게 窮理하여 본다. 그러나 나는 이 아페서도 말하엿거니와 決코 끈끼 잇는 사람이 아니다. 그래 정작 붓을 들어 反駁을 꾀할 수 잇기 前에 나는 大概는 이미 憂鬱한 事務에 對하여 情熱과 興味를 아울러 望失하고 興味도 情熱도 가실 수 업는 일에 勿論 나는 從事한다는 수가 업다.

마침내 나는 이러케 생각한다.

나의 作品이 참말 내 自身 생각하고 잇는 바와가티 그러케 갑잇는 것이라 하면 '제까짓' 批評家類가 아모러한 論難을 캐이드 間에, 結局 아는 이는 알 것이 아니냐?—

그러한 것에 對하야 ――이 抗辯을 한다는 것도 正히 구찬흔 노릇이다. 그보다는 차라리 完全히 黙殺하여 버리는 것이 賢明한 일이나 아닐까?—

더구나, 그러한 데다 부질업시 精力과 時間을 消費하여 버리느니, 오히려 그 時間과 精力을 가저, 좀더 갑잇는, 좀더 무게 나가는 作品을 制

作하는 것이 얼마나 意義 잇는 일인지 알 수 업지 안흐냐?—

이것은 勿論, 내 自身의 끈끼업고 또 게으른 一面을 스스로 合理化하려는 데서 나온 생각이나 亦是 코올 또 떳떳한 것이라 아니할 수 업다. 그래 그러케 方針을 세운 뒤로 나는 더러 黙過하기 어려운 酷評을 밧는 일이 잇서도 이미 前과 가티 興奮하지 안코 따라서 身勢가 얼마쯤이나 便安하여젓는지 몰은다.

이번에 編輯 先生이 모처럼 批評家에 對한 抗辯의 機會를 내게 주섯슬때도 그러한 까닭에 나는 亦是 잠자코 잇슬까 하고 생각하엿다. 이미 지난 일을 이제 일브러 다시 들추어 낸다는 것도 승거운 일이요 그보다도 爲先 問題를 삼을래야 삼기도 어려웁게 大體 나는 언제 누구에게 어떠한 말을 들엇든 것인가 記憶이 매우 稀微하여진 까닭이다.

그러나 언제까지든 잠자코 잇는 것만이 재주가 될 것도 업슬 께다. 나는 이 機會에 하고 시픈 말을 몃마듸 하기로 作定이다.

이러케 方針을 고처 세우고 생각하여 보니 爲先 머리에 떠오르는 것은 癸酉年 十月『朝鮮文壇』誌에 發表되엿든 拙作「五月의 薰風」에 對한 是非이다.

癸酉年이면 아즉도 푸로文學 理論이 得勢하고 잇든 時節이라 나의 作品類가 萬에 一이라도 好評을 바드리라고는 勿論 제법 樂天家인 作者로서도 期待는 안 하엿다. 아니나 다를까 그 달의 月評을 試驗한 李基永, 兪鎭午 두 분 先生이 論調를 맞추어 이 作品이 低劣하고 輕薄한 것이라 論斷하엿다.

이 두 분의 偉大한—(이것을 勿論 反語라 하는 것이다)—先輩는 내 作品 속의 다음과 가튼 句節이 참기 어려웁게 不快하엿든 모양이다.

"철수는 양말을 두 켤레 사서 그것을 아모러케나 양복주머니에 처너

코 화신상회를 나왓다.

그러나 그곳을 나와서 집으로 박게는 어듸라 갈 곳을 가지지 못한 철수엿다. 양말을 살 것이 오늘의 사무엿섯고, 그 사무는 이미 끗낫다.

그는 백화점 아페가 서서 물끄럼이 종로 네거리를 오고가는 사람들을 바라보고 잇섯다."

어째 이러한 無爲한 靑年을 그려노핫느냐 하는 것에 이분들의 憤慨는 잇섯든 듯 시프나, 내가 내 作品 속에 無氣力한 룸펜 인테리를 取扱하는 것은 이분들이 그들의 作品 속에 '鬪士'라는 '主義者'를 取扱하는 것과 同等한 權限에서 나온 것으로 다만 이곳에서 우리가 銘心하여 둘 것은 이 「五月의 薰風」이 나의 이제까지 制作한 作品 속에서 결코 優秀한 것이 아님에도 不拘하고 이 '철수'라는 人物이 그분들의 어느 '主義者'나 '鬪士'보다도 훨씬 責任感을 가지고 잇섯다는 한 가지 事實이다.

無氣力한 룸펜 인테리를 主人公으로 삼엇대서 忽待을 바든 作品은 勿論 이 박게도 또 잇다. 가튼 癸酉年 二月에 『新家庭』誌에 發表되엿든 「옆집 색씨」가 그 中의 하나로 이것에 對하여서는 白鐵 先生이 亦是 作者로서 首肯하기 어려운 말을 늘어노흔는 듯 시프나 이 「옆집 색씨」든 또 「五月의 薰風」이든 所謂 '力作'이라든 '大作'이라든 하는 것이 아니오, 엷은 哀愁를 主調로 한 小篇이엿스므로, 그분들의 망령된 論評을 오즉 가만한 쓴웃음으로 지내처버린다는 수도 잇섯든 것이나 그 이듬해 十月 『中央』誌에 發表한, 「딱한 사람들」은 作者 自身, 當時에 잇서 제법 精力을 기우려 制作한 것으로 只今에 잇서서도, 이를 남의 아페 내여노아 過히 부끄러웁다고는 생각되지 안는 作品인만치 當時에 그것을 一個 駄作으로 물리처버린 朴英熙 先生의 '妄評'에는 처음에 啞然하엿고 다음에 憤慨하엿고 그리고 마침내 玉石을 分揀하지 못하는 評家 先生을 爲하여 嗟嘆함을 마지안헛다. 이 高明하신 老評論家에게 作品에 對한 批評眼도 感想眼도 업다고 分明히 내가 알 수 잇섯든 것은 正히 이때엿다.

「距離」(丙子年『新人文學』新年號)에서도 나는 그와 비슷한 經驗을 하엿다. 이것은 「딱한 사람들」보다도 作者 自身, 좀더 自身을 가질 수 잇는 作品이엿든 까닭에 世評에 對하야 決코 無關心일 수 업섯다. 그러나 李泰俊 兄이 好意를 가진 短評을 試驗한 以外에는 올케 알어 보는이가 亦是 업는 듯시퍼, 이를 月評에 들어 말한 李鐘洙 先生도 白鐵 先生도 駄作으로까지 待偶하지는 안헛서도 그분들이 드물게 對하는 '佳作'으로는 생각되지 못하엿든 모양이다. 李 先生은 쎈텐스가 긴 것이 稀罕하엿든지 멧十 멧字 멧十 멧行의 길다란 쎈텐스 云云하시고 그러한 것에 感歎하시느라 餘暇가 업스섯든 모양이요, 白 先生은 —(매우 遺憾이나 先生의 評文을 座右에 準備 못하여 只今 그것을 다시 檢討하여 볼 道理가 업스나)—如何튼 奔忙하신 中에 寸暇를 어더 作品을 보시고 또 評하시고 그러느라 그랫든지 나의 「距離」가 아닌 「距離」를 용하게도 바루 論意하여 노섯다.

그러나 나는 이러한 類이나마 論評을 바더보기보다는 完全히 黙殺을 當한 作品을 오히려 좀더 만히 가지고 잇다.

「小說家 仇甫氏의 一日」이 그러하다. 「愛慾」이 그러하다. 「顚末」이 그러하다. 「悲凉」과 「惡魔」가 그러하다. 「惡魔」와 가튼 作品은, 淋病과 淋欄性 結膜炎을 取扱한 것으로, 달은 모든 것을 除外하고라도, 이러한 方面에 새로운 題材를 求하여 보앗다는 한 가지만으로도, 作者의 努力과 工夫는 마땅히 問題되어야 옳을 것임에도 不拘하고 내가 듣고 또 본 限度에 잇서서는 한 사람도 이 作品에 意見을 말한 이가 업섯다.

그러키로 말하면 「仇甫氏의 一日」도 一般이다. 이것은 「딱한 사람들」
과 前後하여 甲戌年 八月에 制作된 것으로 그 題材는 暫時 論外에 두고
라도 文體, 形式 가튼 것에 잇서서만도 可히 朝鮮文學에 새로운 境地를
開拓하엿다 할 것이건만 亦是 누구라도 한 사람, 이를 들어 말하는 이
가 업섯다.

이 一般 讀者에게는 좀 難解한 것인지도 몰을 作品은, 나의 다른 作品
들보다도 훨씬 더 讀者의 興味라는 것을 無視하고 制作되엿든 것인 까
닭에 回數로 三十回, 日數로는 四十餘日을 〈朝鮮中央日報〉 紙上에 連
載되는 동안 編輯局 안에서도 매우 논란이 되엿든 듯시퍼, 萬若 李泰俊
兄의 支持가 업섯드면 나는 이 作品을 완성할 수 업섯을지도 몰은다.

이곳에서 내가 한 가지 怪異하게 생각하여 마지안는 것은 一般 低劣
한 讀者는 애초에 問題가 안 되지만, 純粹한 藝術作品을 ○○ 理解하는
듯이 自處하는 ○○ 諸先生들이 其實 大部分은 ○○이 그 무엇임을 알
지 못할 뿐 아니라 알려고 努力하기조차 안는다는 한 가지 事實이다.

남의 作品을 잘 읽지 안키로는 爲先 나가튼 사람이 으뜸이 되겟지만,
무릇 評家로 行世하고 때때로는 文藝時評쯤 試驗하려는 이는 作家들의
努力과 精進에 對하여 꾸준히 留意하는 바가 잇서야 마땅할 것이다. 한
때한때의 必要에 依하여서 남의 作品을 한두 편 그것도 精讀할 誠意가
업시 恩恩히 뒤적어려 보앗슬뿐으로 함부루 當치 안흔 論斷을 나리는
것은 甚히 옳치 안흔 일이다.

輕妄된 數三 評價들의 命名으로 나와 가튼 사람은 技巧派라는 렛텔이
부터 잇는 모양이나 評價들은 或 그들의 부실한 記憶力을 爲하여 簡便
하게 分類하여 둘 必要上 그러하여도 容許되는 수가 잇슬지도 몰은다.
그러나 가튼 作家들 中에 擧皆는 한참 當年에 푸로 作家라고 自稱하든

이들이지만 말에 窮하면 반드시 나와 가튼 사람을 文章만 아느니 形式만 찻느니 技巧만 重히 여기느니 하고 그것만 내세우는 데는 너무나 어이가 업서 말도 하고 십지 안타.

大體 君들은 그러한 말을 할 때 스스로 마음에 부끄러워하는 바가 업느냐? 作家로서 文章이 拙劣하고 型式이 未備하고 技巧가 稚拙한 것보다 더 큰 悲劇이—아니 喜劇이 어데 또 잇슬 것이냐? "그러나 內容이?—" 大體 君들의 作品에 무슨 取할 만한 內容이 잇다고 自負하는 것이냐?

設使 百步를 讓하야 참말 볼 만한 것이 잇다면 그러면 君들은 차라리 素材都賣商이라도 開業하는 것이 上策이리라. 小說은 題材만 가지고 決코 藝術 作品일 수 업는 것이니까…….

하도 오래 잠자코 잇다가 붓을 드니 이것은 或은 안할 말까지 하엿는지 몰은다. 그러나 事實을 事實대로 말한 것이라 구태여 물을 必要도 업슬 것이다. 나는 다시 이러한 雜文에 時間을 虛費하는 일 업시 創作에만 精進할 方針이다. 나의 藝術에 對한 精神과 態度는 오직 나의 作品을 通하여서 讀者에게 傳達될 것이다.

이 글이 얼마간 말썽을 부릴는지도 몰으나 그것은 나의 興味할 바이 아니다. '말썽'을 무서워하지는 안흐나 좀 시끄러웁다 生覺할 뿐이다. —以上

〈조선일보〉, 1937. 10. 21~23.

一作家의 陳情書

─竝 自作「貧交行」豫告─

現代에 對한 作家의 魅力

編輯 先生은 '作家로서 現代에 對해 느끼는 魅惑─創作上─'이란 題目을 걸고 生에게 글을 請하섯읍니다. 그러나 不幸히도 生은 現代에 對하야 別 魅惑이라 할 魅惑을 느끼고는 잇지 안습니다. 뿐만 아니라, 生은 어느 意味에 잇어서는 한 個의 厭世主義者이기조차 합니다.

"生活 第一, 藝術 第二."는 生의 信條이라, 生은 生活을 爲하여서도 藝術을 爲하여서도 生이 目今 處하여 잇는 現代에 對하여, 아모런 魅惑이든 느낄 수 잇서야 마땅할 것이겟읍니다. 그러나 生은 大體 어떠한 곳에서 現代가 生을 爲하야 이미 오래 전에 準備하고 잇을 '魅惑'을 느껴야 할 것이겟습니까.

物價는 턱업시 騰貴하야 窮措大의 儉素한 살림살이조차 威脅하야 마지안흐며, 出版物의 編輯者는 寒微한 作家 압헤 마치 帝王과 가티 臨하야 無知無能한 作家群─烏合之卒들을 酷使하기에만 汲汲하여 精神的으로 또 物質的으로 그 迫害가 이처럼 甚할 때에 作家는 大體 무슨 수로

'魅惑'이라든 그러한 것을 求하여 볼 수 잇겟습니까.

生은 大體 編輯 先生이 어떠한 趣意로 이러한 題目을 걸어 노흐신 것인지 或은 生 等을 愚弄하시는 것이나 아닐까—啞然하기 半晌이엿스나 그의 胸懷야 果然 어떠한 것이든 間에 이 命令에는 應唯할 道理가 업다 생각하고 잇섯든 것이 編輯 先生은 어데까지든 '帝王'이여서 再三 督促이 甚히 急한 者 엇스므로 到底히 이에 拒逆할 재주 업서 이내 붓을 들어 爲先 '앙탈'이나 하여 보는 것입니다.

意志가 薄弱하고 生活力이 旺盛하지 못한 生과 가튼 者도 亦是 모처럼 이만큼 길러내신 父母의 恩功과 밋어웁지 못한 生이나마 밋고 지내려는 妻子를 생각하고서는 스스로 몸을 이 時代에서 避한다는 方策도 서지 안허 別魅惑은 느끼지 안는 대로 그래도 하다 못 해 若干의 '興味'라도 가져 보려고는 하는 것입니다.

興味를?—果然 若干의 興味라도 現代에 가져 보지 안코 어찌 生과 가튼 狀態에 잇는 者로 能히 그나마 生活을 營爲하여 가며, 또 한편 作品을 制作할 수 잇슬 것이겠습니까.

그러면 大體 어떠한 곳에 어떠한 興味를 生은 느끼고 잇는 것인가? 編輯 先生은 '이미 現代에 對해 아모런 魅惑도 느끼고 잇지 안흔' 生에게, 그러면 하는 수 업스니 그나마 물어보자 하실 듯합니다.

그것은 勿論 늘 같을 수는 업습니다. 가장 簡略하게 말하자면 이제까지 生이 現代에 느껴 온 興味는, 生의 이제까지의 作品에 시언치는 안으나마 나타낫섯고 이제부터의 興味는 生의 이제부터의 興味에 조곰은 시언하게 나타날 것입니다. 언제나 前부터 計劃中의 作品을 制作하게 될지 그것은 스스로 豫測할 수 업는 것이나 何如튼 生은 이 時代에 잇서서의 사람들의 生活과 그들의 人情이라든 義理라든 그러한 것을 '이 作

品'에서 좀 소상하게 생각하여 보려합니다. 表題는 杜甫의 詩를 그대로

「貧交行(빈교행)」

第1篇　翻手作雲覆手雨(번수작운복수우)
第2篇　紛紛輕薄何須數(분분경박하수수)
第3篇　君不見官鮑貧時交(군불견관포빈시교)
第4篇　此道今人棄如土(비도금인엽여토)

大體 어떠한 作品이 생겨날 것인지 그것은 내 自身 알 수 업는 노릇이나 何如튼 生의 '興味'가 그대로 編輯 先生과 讀者 諸位의 '興味'일 수 잇서 制作이 完結될 때에 그에 대한 反響도 컸으면 生으로서는 이만한 기쁨이 업겟습니다.

물으신 趣意에는 어긋낫슬지 몰으오나 이 機會에 하고 십흔 말을 몇 마듸 합니다. 더구나 末尾에 언제 制作될지 알 수도 업는 自作을 豫告 宣傳하는 등 當치 안흔 짓을 하야 悚懼스럽기 짝이 업스나 이 한 가지 일을 보드라도 生은 스스로 생각하고 잇는 바와는 달러 或은 一個의 '樂天家'일지도 몰읍니다. 萬若 그러타면 좀더 '修養'하야 참말 魅惑을 現代에 對하야 느껴 보도록 꾀하겟습니다.

〈조선일보〉, 1938. 8. 15.

春香傳 耽讀은 이미 就學 以前

春香傳, 沈淸傳 類의 舊小說을 耽讀하기는 就學 以前이거니와, 정말
文學書類와 親하기는 '附屬普通學校' 三 四學年 째이었던가 싶다. 내가
산 最初의 文學書籍이 新潮社版 「叛逆者の母」, 둘째 것이 亦是 갓흔 社
版의 『モォパッサン選集』(모파상 선집)이었다고 記憶한다.

나의 叔父와 梁白華 先生과는 잘 아시는 사이엿다. 梁先生은 이 文學
少年―?―에 興味를 느끼시고, 때때로 命하여 글을 짓게 하시었다. 나
는 또 나대로 알거나 모르거나 '톨스토이', '트르게네프'(투르게네프),
'쉐익스피어'(셰익스피어), '빠이론'(바이런), '께에테'(괴테), '하이네',
'유우고오'(위고) …… 하고, 小說이고, 詩고, 함부루 求하여 함부루 읽
었다.

집에 다달이 『開闢』誌와 『靑春』誌가 왔다. 나는 그것들을 줏어 읽었
다. 그러자 『朝鮮文壇』이 發刊되었다. 나는 내 自身 이것을 每月 求하여
가지고는, 春園 先生의 「血書」, 「B君을 생각하고」, 想涉 先生의 「電話」,
憑虛 先生의 「B舍監과 러부레터」, 東仁 先生의 「감자」 等을 興奮과 感

激 속에 두 번씩, 세 번씩 거듭 읽었다. 그러나 가장 크나큰 感動을 느끼며 愛讀하였던 것은 그러한 小說들보다도 오히려 同誌에 連載된 春園 先生의 詩 「黙想錄」이었다.

나는 가만히 「黙想錄 禮讚」이라는 一文을 草하였다. 梁 先生이 그것을 읽으시고 當時 花洞 꼭댁이에 있던 東亞日報社에 보내시어 마침내 二回에 나누어 發表됨에 이르렀다. 다만 表題는 梁先生의 의견대로 '-禮讚'을 '-을 읽고'로 고치었다. 아마 大正 十五年의 일인 듯 싶거니와, 어떻든 이것이 나로서 最初로 活字化된 글이다.

내가 春園先生의 門을 두드린 것은 아마 昭和 二年인가, 三年 頃의 일이었던가 싶다. 두 번짼가 세 번째 찾아뵈었을 때, 나는 두어 篇의 小說과 百餘篇의 敍情詩를 宅에 두고 왔다. 그 中 數篇의 詩와 한 篇의 小說이 東亞日報 紙上에 發表되었다. 이 小說이 이를테면 나의 處女作이다. 項羽를 主人公으로 한 四百字 四十枚 前後의 것으로 表題는 「垓下의 一夜」. 勿論 시원치 못한 것이나 그나마, 當時에 發表된 나의 다른 글과 함께 스크랩하여 두었던 것이 紛失되어, 果然 어떠한 程度의 것이었던지 只今은 알 길조차 업다.

鷺山 李殷相 氏와 알기도 그 前後의 일인 듯싶다. 當時 李 氏는 『新生』誌를 編輯하고 있었다. 나는 그가 請하는 대로 隨筆, 詩, 小說 등을 함부로 提供하였다. 다만 小說은 한 篇뿐으로, 그것이 바로 이번 『短篇集』에 收錄된 「수염」이다. 이 밖에 漢詩 譯도 試驗하였었고, 톨스토이 民話를 英譯으로부터 重譯도 하였다. 그 大部分이 역시 『新生』誌를 通하여 發表되었다

翻譯 말이 나왔으니 말이지, 나는 當時 英文學을 工夫하고 십다 생각하고 잇던 터이었다. 그래「사흘 굶은 봄ㅅ달」, 「옆집 색씨」, 「五月의 薰風」, 「疲勞」 等 一群의 作品을 制作하는 한便으로, 몇 篇의 小說을 翻譯하여 보았었다. '맨스필드'의「茶 한잔」, '헤밍웨이'의「屠殺者」, '오오푸라아티'의「봄의 播種」, 「조세핀」—以上 四篇으로, 나는 이것들을 '夢甫'라는 이름으로 東亞日報에 發表하였다. 뒤에 片石村과 알자, 그는 '夢甫'가 바로 '朴泰遠' 임을 모르고, 그 譯文의 流麗함을 讚嘆하여 마지 않았다. 나는 자못 得意로웠으나 이제나 그제나 입이 險하기로 有名한 지용이,

"뭐 重譯이겠지."

하고, 한마디로 물리친 것에는 오직 속으로 은근히 憤慨하였을 뿐이나. 혹 誤譯이 있을지는 모르나, 나로서는 내 힘껏 譯을 하노라고 한 것이었다. 더구나 當時 參考하고 싶다 생각하였어도, 달리 譯本이 있음을 듣지 못한 터이다.

그러나 이나마도 지난 옛일이다. 쥐꼬리라 배웠던 英語도 이제는 中學二 三年의 實力이나마 있을지……. 이제부터 정작 文壇이라고 나와 가지고 지내온 이야기가 한창 佳境으로 들어갈 판인데 공교로웁게도 制約된 枚數가 다하였다. 다른 날 다른 機會로라도 밀밖에 없는 노릇이다.

『문장』 2권 2호, 1940. 2.

제3부

구보 박태원의 시와 시론 해설

진과 미와 열을 아로새긴 성명(性命)의 시
─ 구보 박태원의 시(詩)

곽효환

1. 구보 박태원과 시

구보 박태원은 "1930년대 식민지 조선의 소설적 경향을 동시에 포괄하면서 이를 넘어서고 있"[1]다거나 "새로운 이야기 틀을 제시함으로써 한국 소설의 진화에 한 획을 그은 작가"[2]라는 평에서 볼 수 있듯이 문학사적으로 탁월한 위치에 있다. 이같은 평가는 그의 문학적 성취에서 비롯되는 것인 동시에 한편으로는 쉽게 정의하거나 규정짓기 어려울 정도로 다양하고 다성적인 그의 작품세계에서 오는 것이다.

실제로 박태원의 작품(소설)에 대한 평가는 당대에서부터 지금에 이르기까지 그의 작품세계만큼이나 여러 관점에서 다양하게 평가되고 있

1　권영민, 「박태원 소설과 모더니티의 새로운 지평」, 『구보 박태원 탄생 100주년 기념학술대회 · 해외 번역자 초청 심포지엄 논문집』, 구보학회 외, 2009. 7. 10, 3면.
2　최원식, 「전간기 문학의 기이한 진화」, 『전환기, 근대문학의 모험』, 민음사, 2009, 19면.

다. 그의 대표작으로 꼽히는 「小說家 仇甫氏의 一日」과 『川邊風景』을 발표한 당대에는 "「파노라마」的인 「트리뷔알리즘」을 「레알리즘」의 擴大라 宣揚하는 것과 같은 「레알리즘」論이 大途를 闊步하"[3]는 작가, "朝鮮의 文學史的主線우에 登場한 「파스보ー트」이며 또한 朝鮮의 小說文學이 世態的인 時代로 들어선 것을 確認케 한 作品"[4]의 작가, 그리고 (『천변풍경』이) 객관적 태도로써 객관을 본 '리아리즘의 확대', 즉 "객관적 태도로써 관찰하는데 리아리티는 생겨난다"는 모더니즘 또는 주지주의적 입장[5]의 지평을 넓힌 작가라는 평을 받았다. 월북, 재북작가 해금 이후 연구에서는 "박태원의 작품활동 전체를 본다면 모더니스트로서의 박태원이란 1930년대 중반의 아주 짧은 시기의 한 면모를 가리키는 것이고 나머지 작가로서의 생애 대부분은 오히려 역사소설가의 면모를 보이고 있다"[6]거나 박태원 문학에서 주목해야 할 것은 "모더니즘과 리얼리즘, 근대와 반근대의 이중성과 착종에 대한 문학적 극복 양상을 짚어보는 문제이다"[7]라는 등의 통시적인 고찰이 이루어졌다. 그리고 박태원 탄생 100주년을 맞는 자리에서는 어느 한쪽의 관점에서 바라보는 것을 넘어서 "그는 리얼리즘 중심의 식민지 소설사에서 모더니즘의 새로운 숨결을 불어넣고, 그 소설사의 일부를 다시 리얼리즘에로 견인해 간 작가이다"[8]라고 정의하고 있다. 즉 그의 작품은 보는 관점이나 시

---

3 임인식, 「寫實主義의 再認識ー새로운 文學的探究에 寄하여ー」, 〈동아일보〉, 1937. 10. 8.

4 임화, 「新刊評叢」, 『博文』 6호, 1939. 3, 22면.

5 최재서, 『문학과 지성』, 인문사, 1938, 98~100면 참조.

6 이상경, 「박태원의 역사소설론」, 정현숙 편, 『박태원』, 새미, 1995, 165면.

7 정현숙, 「박태원의 문학세계」, 정현숙 편, 『박태원』, 새미, 1995, 10면.

8 강상희, 「거울에 대한 명상」, 『전환기, 근대문학의 모험』, 민음사, 2009, 179면.

점에 따라 모더니즘 또는 리얼리즘의 어느 한 쪽 지점에서, 또는 둘 사이의 어느 지점이나 그 둘을 횡단하고 모으는 지점에 이르기까지 다양하게 자리매김되고 있는 것이다.

이것은 박태원의 작품세계가 고정되어 있거나 관념화되어 있는데 그치지 않고 "여러 개의 서로 다른, 또 때로는 이질적인 관념과 형식충동을 동시에 거느리며, 그것 사이의 갈등 혹은 길항을 통해 자신만의 고유한 역사지리지와 소설 문법을 개척해 간"[9] 데서 오는 것이다. 여기에는 그의 왕성하고 오랜 창작활동이 바탕이 되고 있다. 그는 일찍 작고하거나 근대사의 격랑에 휘말린 대부분의 다른 동시대 작가들과는 달리 1926년 문단에 첫발을 디딘 이래 작고하기 5년 전인 1981년까지[10] 작품활동을 하였다. 55년이라는 반세기가 넘는 기간동안 소설뿐만 아니라 시, 평론, 수필, 동화, 번역과 작사에 이르기까지 장르를 넘나들며 전방위적으로 작품활동을 펼쳤으며 그 생산량 또한 방대하다.[11]

---

9 류보선, 「한 문학주의자의 운명―박태원의 수필 읽기」, 『구보가 아즉 박태원일 때』, 깊은샘, 2004, 455면.

10 북으로 간 후 박태원은 남로당 계열로 몰려 1955년 6개월간 집필을 금지당하기도 했으나 그해 『삼국지』 완역에 착수했으며 이듬해 극본 「이순신 장군전」을 국립출판사에서 출간하였다. 1963년에는 장편소설 『계명산천은 밝아오느냐』를 집필하였고, 1965년 『계명산천은 밝아오느냐』 1부 1권을 문예출판사에서 출간하였으나 그해 망막염으로 실명하였다. 1968년에는 애초 16권의 대작으로 구상하였던 『갑오농민전쟁』을 3권 분량의 장편으로 수정하여 집필을 시작하였으나 1부가 거의 끝나 갈 무렵 뇌출혈로 쓰러져 반신불수가 되었다. 그럼에도 원고지 모양의 특수 틀을 이용하여 원고를 쓰다가 북에서 재혼한 부인 권영희에게 구술한 것을 받아쓰게 하였다. 이후 1986년 작고하기 5년 전인 1981년 『조선문학』에 「나의 작가 수첩에서」를 마지막으로 발표하고 구술능력을 완전히 상실하였다(최원식 · 강상희 외, 『전환기, 근대문학의 모험』, 민음사, 2009, 225~231면. 박태원 생애 연보 참조).

11 김상태의 『박태원―기교와 이데올로기』의 작가 · 작품 연보 및 자료의 작품목

여기서 주목해야 할 것은 그간 알려진 소설가적인 면모 외에 박태원이 다양한 방면으로 만만치 않은 창작 및 집필활동을 했다는 사실과 그가 시인으로 상당한 열정을 가지고 문단에 첫발을 내디뎠다는 사실이다. 그러나 1929년 〈조선일보〉에 발표된 송영의 「작가로서의 일언(一言)—박태원 씨에게」에서부터 오늘에 이르기까지 300편이 훨씬 넘는 비평이나 연구의 대부분이 박태원의 소설에만 집중되어 있다. 따라서 박태원과 그의 작품세계에 대한 보다 깊이 있고 폭넓은 이해와 연구를 위해서는 소설 이외의 창작물과 문학관에도 관심을 가지고 고찰해 볼 필요가 있다. 특히 구보는 문학적 출발을 시로 하였고 본격적인 소설가로의 길을 걸을 무렵까지 19편의 시를 발표하였다. 한 시인이나 작가의 초기 작품들은 그가 앞으로 펼쳐나갈 작품세계의 방향타로 작용하거나 문학적 방향이나 지향점, 인식 등을 가늠하는 중요한 근거자료가 되는 경우가 왕왕 있음을 생각해 볼 때 박태원의 시를 고찰하는 것은 의미 있는 일이 아닐 수 없다. 더구나 가장 왕성한 연구가 이루어지고 있는 근대작가 가운데 한 사람인 박태원에 대한 연구가 소설 이외의 것들에 대해서는 전무하다시피한 상황에서 그의 시에 대한 고찰은 초기 박태원의 문학관과 지향점을 이해하는 데 중요한 의의가 있을 뿐만 아니라 그의 문학세계 전체에 대한 연구를 더 다양하고 풍요롭게 할 수 있을 것이다.

따라서 이 글은 일차적으로 박태원의 시론을 그의 산문을 통해 고찰

록(건국대 출판부, 1996, 104~114면)에 따르면 박태원은 월북전에 단편, 장편을 망라한 소설 64편, 시 18편(1925년 〈조선일보〉에 발표한 「할미꽃」을 포함하면 19편), 평론 20편, 수필 47편, 번역 번안 및 기타 33편을 발표하였다. 월북 후에는 24편의 소설과 수필, 극본 등을 발표하였고 일생동안 27종의 단행본을 상재하였다.

 구보 박태원의 시와 시론

해보고 발표시 19편 전편을 고찰하였다.

2. 구보 박태원의 시론 또는 시를 보는 관점

박태원의 문학적 출발점은 시에 있다. 소설가로 널리 알려진 바와는 달리 그의 문단 데뷔는 1926년 3월 『조선문단』에 당선된 시 「누님」을 통해서이다. 이보다 앞서 1923년, 즉 그가 14세 때인 경성제일고보 2학년 때 『동명』의 소년칼럼 란에 산문 「달맞이」가 가작으로 당선되었는데 이것은 청소년들을 대상으로 한 작문 공모에 응모한 아마추어 습작이라고 할 수 있다. 하지만 1925년 9월 7일자 〈조선일보〉에 시 「할미꽃」을 발표(이 작품이 쓰여진 것은 1925년 7월 13일이다)하며 공식적인 지면에 시를 처음 선보였다. 또한 스승인 춘원 이광수를 만났을 때 이미 백여 편에 달하는 서정시를 건네기도 했으며 이 가운데 여러 편이 춘원에 의해 〈동아일보〉에 발표되었다.[12]

박태원이 공식적으로 발표한 시는 총 19편이다. 1926년 등단작 「누님」 등 2편, 1927년 「아들의불으는노래」 등 2편, 1929년 「외로움」을 발표하는 등 첫 소설 「무명지」 「최후의 모욕」 「해하의 일야」 등을 〈동아일보〉에 발표한 1929년 11, 12월에 이르는 4년여 동안 불과 십대 중후반의 나이에 시와 수필 등을 꾸준히 발표하였다. 소설을 발표 이후에도

---

12 박태원, 「춘향전 탐독은 이미 취학이전」, 『구보가 아즉 박태원일 때』, 깊은샘, 2004, 232면. “내가 춘원선생의 문을 두드린 것은 아마 소화 2년인가, 3년경의 일이었던가 싶다. 두 번짼가 세 번째 찾아뵈었을 때 나는 두어 편의 소설과 백여 편의 서정시를 댁에 두고 왔다. 그 중 수편의 시와 한 편의 소설이 동아일보 지상에 발표되었다.”

박태원의 시창작은 수필, 평론과 함께 꾸준히 계속되었으며 이것은 그의 대표작으로 꼽히는 「소설가 구보씨의 일일」의 전신이라 할 「피로—어느 반일의 기록」을 발표한 1933년까지 이어진다. 일본 호세이대학으로 유학을 떠난 해인 1930년 1월에서 2월 사이 가장 많은, 「첨」을 비롯한 8편을 〈동아일보〉에 발표하였다. 1931년 2월 『신생』에 「異國億兄」 등 3편을, 1933년 6월 『신동아』에 「綠陰」을 발표하였으며 1935년 2월 『가톨릭청년』에 「病院」이라는 긴 산문시를 발표한 것이 마지막이다(구보 朴泰遠 〈詩〉 작품 목록표 참조). 이후 1934년 문제작이자 대표작인 소설 「소설가 구보씨의 일일」을 발표하는 등 소설가로서 문명을 떨치면서 소설에만 전념하였다.

시로 막 문단에 나온 박태원은 십대이기는 하나 이미 상당한 수준의 전문 문인으로서의 면모를 갖춘 것으로 보인다. 경성제일보고에 재학하며 이미 문학동아리를 결성하여 창작에 몰두하였고 숙부 박용남의 소개로 중국문학의 개척자인 백화 양건식으로부터 한학과 중국문학을 사사하였으며 이광수로부터 문학지도를 받으며 등단하였다.[13] 1927년

---

13 양건식과 이광수로부터의 박태원의 문학수업은 1940년 2월 『문장』에 발표한 구보의 수필 「춘향전 탐독은 이미 취학이전」에 상술되어 있다. "나의 숙부와 양백화(梁白樺) 선생과는 잘 아시는 사이였다. 양 선생은 이 문학소년—?—에 흥미를 느끼시고, 때때로 명하여 글을 짓게 하시었다." "그러나 가장 크나큰 감동을 느끼며 애독하였던 것은 그러한 소설들보다도 오히려 동지(同誌)에 연재된 춘원 선생의 시 「묵상록」이었다."(박태원, 「춘향전 탐독은 이미 취학이전」, 같은 책, 깊은샘, 2004, 231~232면).
　실제로 의사인 구보의 숙부 박용남은 일찍부터 박태원의 문학적 재능을 인정하고 교류하던 백화 양건식에게 구보를 소개했고, 여성선각자이고 여학교 교사였던 고모 박용일은 당시 이광수의 부인인 허영숙과 매우 가깝게 지내던 사이여서 박태원을 이광수에게 소개시켜 문학수업을 받게 했을 것으로 생각된다(김상태, 같은 책, 12~13면 참조, 김미지, 「한 전업 글쟁이의 마침표 없는 붓

에는 문학에 대한 열정과 불규칙한 생활로 인해 신경쇠약과 소화불량
으로 휴학을 하고 문학활동에만 전념하기도 하였다. 또한 같은 시기인
1927년 『조선문단』에 발표한 수필 「詩文雜感」에 "일본시인이나 삼석승
오랑(三石勝五郞, 미쓰이시 가쓰고로) 같은 사람은 내가 가장 사랑하는
시인으로 그의 작품은 확실히 내가 바라는 그것에 틀림없다"[14]고 밝히
고 있고 소설 「소설가 구보씨의 일일」이나 수필 「바닷가의 노래」에 이
시카와 다쿠보쿠(石川啄木)의 시를 인용하는 등 시에 상당한 관심과 열
정을 가진 시인지망생이었다.

<표 1> 구보 朴泰遠 〈詩〉 작품 목록표

순서	제목	지 면	연월일	비 고
1.	할미꽃	〈朝鮮日報〉	1925. 9. 7.	1925. 7. 13. 창작
2.	누님	『朝鮮文壇』 3권 1호	1926. 3.	당선시 1925. 5. 22. 창작
3.	써나기前	『新民』 2권 12호	1926. 12.	
4.	아들의불으는노래	『現代評論』 1권 4호	1927. 5.	1926. 08. 07. 창작
5.	힘-싀골에서-			
6.	외로움	『新生』 2권 12호	1929. 12.	필명 : 泊太苑 1929. 11. 13. 창작
7.	窓	〈東亞日報〉	1930. 1. 17.	필명 : 泊太苑 1929. 5. 30. 창작
8.	수수썩기	〈東亞日報〉	1930. 1. 19.	필명 : 泊太苑 1929. 5. 30. 창작
9.	失題	〈東亞日報〉	1930. 1. 22.	필명 : 泊太苑 1929. 5. 30. 창작

달리기」, 『작가세계』 겨울호, 2009, 90~91면 참조).
14 박태원, 「시문잡감」, 같은 책, 302면.

10.	한길	〈東亞日報〉	1930. 1. 23.	필명 : 泊太苑 1929. 12. 26. 창작
11.	동모에게	〈東亞日報〉	1930. 1. 24.	필명 : 泊太苑 1930. 1. 21. 창작
12.	동모에게	〈東亞日報〉	1930. 1. 26.	필명 : 泊太苑 1929. 1. 21. 창작
13.	휘파람	〈東亞日報〉	1930. 1. 28.	필명 : 泊太苑
14.	小曲	〈東亞日報〉	1930. 2. 2.	필명 : 泊太苑
15.	異國億兄			
16.	가을바람	『新生』 4권 2호(총28호)	1931. 2.	필명 : 夢甫
17.	가을마음			
18.	綠陰	『新東亞』 3권 6호	1933. 6.	
19.	病院	『가톨릭청년』 3권 2호	1935. 2.	

많은 연구자들은 구보의 시를 '습작'이라고 간과하지만 박태원의 시에 대한 생각은 나름 정연하게 정리되어 있는 것으로 보인다. 단순 소박해 보이지만 시에 대한 생각을 분명하게 피력하고 있는데 이것은 기교주의자나 모더니스트 또는 모더니즘에서 리얼리즘으로 전향했다고 평가받는 소설에 대한 통념과는 상당한 거리가 있다는 점에서 흥미롭다.

마음속으로 나의 처녀시집을 출판하고는, '나'라고하는 애독자 하나로 만족하든 1925년도의 '나'도 생각하여 보았다. 요즈음 4, 5개월 간, 무미한 생활이었기 시가가 없었으며, 시가 없는 생활이었기 더욱 건조하였다.
시가 없는 생활! 그것은 결국 나에게 있어서는 피로와 적멸의 연쇄일 뿐이다.
시가를 잃은 몸! 그것은 결국 나에게 있어서는 무기력한 15관여의 육체를 의미할 뿐이다.

— 「病床雜兌」(『조선문단』, 1927. 3.)[15]

> 내가 항상 읽고 싶어하는 시문은 진(眞)과 열(熱)의 아—모 허식도 없
> 는 인생—생활—의 기록이라는 것이다. 우리는 진실이라는 놈 앞에 저
> 도 모르게 옷깃을 바로 하며 열과 성 앞에 끝없는 그리움과 밋버움을 깨
> 닫는다. 나는 나로 하여금 저도 모르게 옷깃을 고치게 하며 끝없는 그리
> 움과 미뻐움을 깨닫게 하는 그런 시문을 읽고 싶다고 말하는 것이다.

— 「詩文雜感」(『조선문단』, 1927. 1.)

문학에 대한 열정과 불규칙한 생활로 인해 건강이 나빠져 경성제일고
보를 휴학하고 있을 때 쓴 이 두 편의 산문은 갓 문단에 발을 디딘 박태
원의 시에 대한 열정을 잘 보여주고 있다. 「病床雜兌」에서 박태원은 시
가를 잊어버리고 있던 것은 희열, 욕망, 애수, 우울 등 가슴을 채우고 있
던 것들을 잊고 있었던 것이라고 말한다. 우울, 적요 등은 당시 구보의
문학적 화두였으며 시는 가슴속에 담긴 이러한 것들을 표현하는 중요
한 그릇이었던 것이다. 따라서 잠시 시가를 잊고 산 몇 달은 무미한 생
활이었으며 또 시가 없는 생활이었기에 더욱 건조하였다고 시에 대한
절실한 감정을 표한다. 시가 없는 생활은 그에게 피로와 적멸의 연속일
뿐이고 그런 생활 속에 있는 그는 무기력한 15관(1관=3.75kg)의 몸뚱이
에 지나지 않는다는 것이다. 그래서 자신이 가장 '경모하는 시인'으로
미쓰이시 가쓰고로(三石勝五郎)를 들고 "그의 시편은 확실히 '진(眞)'과
'열(熱)'을 아로새긴 '성명(性命)의 시'임에 틀림없"다고 한다. 박태원에
게 시는 문학적 화두를 표현하는 것이므로 그것이 없으면 삶은 무미건

---

15 인용글은 발표한 해당 지면을 밝혀 놓았으나 표기는 류보선 편, 『구보가 아즉
   박태원일 때』(깊은샘, 2004)를 따랐다.

조한 것이며 또한 그가 생각하는 시는 진과 열을 아로새긴 인성이나 천명이 담긴 생명의 시라고 밝히고 있는 것이다. 이어 「꺼먼 손」 「몇 푼의 돈이 있을 때」라는 미쓰이시 가쓰고로의 시 2편을 소개하고 이 시들을 좋아하는 이유를 '참된 인간생활의 꾸밈없는 단편'이기 때문이라고 밝히고 있다. "나는 철도 선로에서 / 곡괭이질을 하고 있는 노동자의 / 저 꺼먼 손을 좋아한다."(「꺼먼 손」) "왜 너는 오늘도 펀둥펀둥 놀고 있느냐 / 대체 너는 어떻게 너는 살아갈 작정이냐 // … (중략) … // 학문을 내어버려라 허영을 내어버려라 / 너는 이제 아ㅡ모 이력도 경험도 없는 어리석은 사람으로서 직업을 구하여라."(「몇 푼의 돈이 있을 때」)에서 볼 수 있듯이 수사나 기교보다는 진솔하게 철도노동자의 노동하는 검은 손을 찬양하거나 지식인이 허위의식을 버리고 현장 속으로 들어갈 것을 촉구하는 등 당대의 민중들의 삶을 긍정적으로 그리고 있다. 박태원은 다른 산문에서 "생은 이 시대에 있어서의 사람들의 생활과 그들의 인정이라든 의리라든 그러한 것"[16]이라고 밝히고 있다.

「병상잡설」보다 두 달 앞서 발표한 산문 「시문잡감」에서도 내가 항상 읽고 싶어 하는 시문은 '진'과 '열'이 담긴 것이라고 말하는데 이것은 아무 허식이 없는 인생/생활의 기록이 담긴 시문이라고 보다 구체적으로 설명하고 있다. 이러한 시 앞에서 그리움과 믿음성을 깨닫게 되며 이러한 시문을 읽고(쓰고) 싶다고 밝히는 것이다. 그러면서 진과 열이 담긴 시문을 얻기 위한 '문단인의 노력과 신인의 출현'이 기어코 필요하다고 덧붙이고 있다.

16　박태원, 「일 작가의 진정서ㅡ병(竝) 자작 「빈교행(貧交行)」예고ㅡ」(〈조선일보〉, 1938. 8), 같은 책, 289면.

'진과 열을 아로새긴 성명(性命)의 시'는 이 시기에 박태원이 생각하는 시의 핵심적인 요소이다. 조금 앞선 1926년 8월 21일과 24일 〈동아일보〉 발표한 「『묵상록』을 읽고」에서 참된 노래(시)의 삼요소로 진미열(眞美熱)을 들고 이를 참된 시를 가름하는 기준으로 삼고 있다. 『조선문단』 2호에서부터 6호까지 발표한 춘원의 시총에 대한 비평문인 이 글에서 그는 "소설가의 시에서 시를 본령으로 삼고 있는 시인의 시보다도 진·미·열(眞美熱)(이것은 참된 노래의 삼요소라 할 수 있겠지)을 갖춘 속살거림과 침통한 부르짖음을 들 수 있는"데 춘원은 그 일면 참된 시인이라고 상찬한다. 그 이유로 춘원의 시총은 '기교도 없고 미구(美句)도 모'르지만 그럼에도 불구하고 묵직한 무엇을 주는 열과 성의가 담긴 참된 시라는 점을 들고 있다. 춘원의 시 몇 편을 인용하며 평하고 있는 이 글에서 박태원은 시에 있어서의 기교와 미사여구를 부정하고 열과 성이 담긴 현실에 대한 진정성을 높이 평가하고 있는 것이다. 또한 박태원의 시에 대한 미의식은 "가장 건전한 생명이 상반하여야만 된다는 것을 잊어서는 안"되는 것이며 애련(哀憐)을 풀어놓는 것은 "하날이 예술가에 준 특성이니 이 마음 없이 시구를 논하며 운율(韻律)을 가릴 수 없다"[17]고 한다. 기교나 형식보다는 애처롭고 가엽게 여기는 마음을 허식 없이 시에 담아내는 것을 미적 기준이자 시인에게 주어진 임무로 생각하는 것으로 앞서 언급한 '진'과 '열'의 연장선상에서 있다고 할 수 있다.

구보의 시에 대한 이와 같은 입장은 1920년대 중반 이후 우리 문단의

17　박태원, 「백일만필—시 소품 묵상—」(〈조선일보〉, 1926. 11. 24~27), 같은 책, 294~295면.

큰 흐름을 형성했던 신경향파와 카프로 요약되는 프로문학의 영향을 일정부분 받은 것으로 이해할 수 있다. 그러나 이러한 박태원의 시론과 시는 1933년 그가 구인회에 가입하고 카프와 대립적인 입장에서 순수 문학을 추구한 "기교에 대한 관심이 너무나 적은 우리 문단에서 박태원 씨와 같은 탁월한 기교의 소유자"[18]로 불리는 소설 및 소설관과는 사뭇 대조적이다.

> 문예 감상이란, (늘 하는 말이지만) 구경, 문장의 감상이다.
> …… (중략) ……
> 표현―
> 묘사―
> 기교―
> 를 물론하고, '신선한, 그리고 또 예민한 감각'이란, 언제든 필요한 것이다. …… (중략) …… '감각'이 낡고, 무디고, '기지'가 없고, 그리고 또 '해학'을 아지 못한다면―, 쉬웁게 말하여, 총명하지 못한다면, 그는 이미 현대작가일 수 없다.
> ―「표현 · 묘사 · 기교―창작여록」(〈조선중앙일보〉, 1934. 12. 17~31.)

> 작가로서 문장이 졸렬하고 형식이 미비하고 기교가 치졸한 것보다 더 큰 비극이―아니 희극이 어데 또 있을 것이냐? "그러나 내용이?―"대체 군들의 작품에 무슨 취할만한 내용이 있다고 자부하는 것이냐?
> 설사 백보를 양(讓)하야 참말 볼 만한 것이 있다면 그러면 군들은 차라리 소재도매상이라도 개업하는 것이 상책이리라. 소설은 제재만 가지고 결코 예술작품일 수 없는 것이니까…….
> ―「내 예술에 대한 항변―작품과 비평가의 책임」
> (〈조선일보〉, 1937. 10. 21~23.)

---

18 김환태, 『김환태 전집』, 현대문학사, 1972, 63면.

구보가 소설에서 신선하고 예민한 언어감각과 함께 내용보다는 표현(문장), 형식, 기교를 현대작가의 덕목으로 중시하고 이를 토대로 영상기법의 채택, 도시감각과 심리주의 기법을 도입한 소설들로 밀고 나간 것과는 달리 시에서는 '진 미 열'로 요약되는 현실에 대한 진정성을 우선적인 기준으로 삼는 분명한 차이를 보이고 있음을 확인할 수 있다. 이는 개별 시편들의 고찰을 통해 다시금 확인할 수 있겠지만 시와 소설이라는 장르에 대한 입장 차이라기보다는 20년대와 30년대를 지나오며 한 작가의 문학관 변화양상을 관찰할 수 있다는 점에서 주목할 만하다.

3. 박태원의 시세계
: 진과 미와 열을 아로새긴 성명(性命)의 시

박태원은 1925년 9월 7일 〈조선일보〉에 발표한 「할미꽃」에서부터 1935년 2월 『가톨릭청년』에 발표한 「病院」에 이르기까지 10년여 동안 총 19편의 시를 발표하였다. 1930년 1월 17일부터 2월 2일 사이 〈동아일보〉에 8편을 집중적으로 발표한 것을 제외하고는 연간 1~2편정도 발표한 것이다. 이것은 구보가 춘원에게 백여 편의 서정시를 건넸다고는 하나 발표한 것을 기준으로 할 때 과작에 속하는 것이며 또한 문학적인 성취를 차치하고서라도 연구자들이 그의 시를 습작으로 생각하게 한 원인이 되지 않았을까 싶다.

구보의 시 19편은 크게 3분하여 살펴볼 수 있다. 상실과 외로움, 공허함 등이 주된 정서를 이룬 시, 식민지 청년으로서의 시대에 대한 인식을 바탕으로 한 내일과 희망찾기, 그리고 마음을 짧은 시행에 형상화한 서정시의 순으로 나타나고 또 변화하고 있다. 기본적으로 구보의 시에서는 소설과 마찬가지로 특별한 정치적 이념이나 강한 저항의식을 찾아보기 어렵다. 이는 정치이념의 가능성을 완전히 포기함으로써 문학적 출발을 한 1930년대의 시인들의 공통적인 특성[19]에서 이해할 수 있다. 특히 1930년 등장한 박태원을 비롯한 구인회를 중심으로 한 일군의 모더니스트들은 "정제되고 조탁된 언어로 현현하는 기교의 세계가 곧 문학의 본령이라고 믿"[20]고 프로문학의 편내용주의와 미학적 완결성 부족을 비판하면서 길항하였다는 점 또한 이를 뒷받침한다.

1) 상실과 그리움 그리고 공허함

'상실과 외로움, 공허함 등이 주된 정서를 이룬 시'들로는 첫 발표작인 「할미꽃」에서부터 「누님」「써나기前」「아들의불으는노래」「힘-싀골에서-」「외로움」「窓」「수수썩기」 등 초기에 발표한 작품들을 들 수 있다. 이 가운데 「할미꽃」「누님」「써나기前」은 님을 잃은 상실감, 재가한 누이를 그리는 마음 그리고 님과의 이별을 앞둔 마음을 각각 담고 있다.

나는들로다니며
꼿을차젓다
님일흔이내몸의
알만는꼿을

붉은薔薇百合

---

19 김종철, 「30년대의 시인들」, 『시와 역사적 상상력』, 문학과지성사, 1978, 10~11면 참조.
20 김미지, 같은 책, 95면.

『코스모스』는
넷적의이내몸에
만는곳이나

님일흔이내몸에
알만는곳은
건너벌판할미꼿
그거로구려으!

—「할미꼿」(1925. 7. 13. / 〈조선일보〉, 1925. 9. 7.)[21]

홰를치며쟈진닭이
세번을재가신누님
초생달이재넘을제
쏙오마고하시드니
보름지나금음돼도
가신누님안오시네

우리누님나주고간
괴불주머니속에를
세번이나세배돈이
들어가도안오시네
주머니의수논복사
썰어저도안오시네

강남제비왓길래로
누님소식뭇잿더니
쑥썰치고가는것은
발아지도안는박씨
뒷동산에고히심어

---

21 박태원의 시는 수록된 해당 신문, 잡지 원문을 인용하였으며 표기도 그에 따랐다.

덩굴저도안오시네
　　　　—「누님」(1925. 5. 22. /『조선문단』3권 1호, 1926. 3.)

　이 시편들은 발표 연도는 다르지만 시적 정서나 시를 쓴 날짜를 부기한 것으로 미루어 볼 때 비슷한 시기에 쓰여진 것으로 보인다. 「할미꽃」은 님을 잃은 상실감을 산과 들에 핀 할미꽃에 비유하고 그 꽃을 찾아나선 심정을 표현하고 있다. 1연에서는 님을 잃은 자신에게 알맞은 꽃을 들로 다니며 찾아다녔다고 하고 2연에서는 님을 잃기 이전에 내 몸에 맞는 꽃은 붉은 백합이나 코스모스처럼 화려하고 예쁜 꽃이었다고 말한다. 그리고 3연에서는 님을 잃은 내 몸에 알맞은 꽃은 가까이 있는 화려한 꽃이 아니라 산골짜기나 들판에 핀 할미꽃이라고 자신의 마음을 할미꽃에 비유하고 있다.

　구보의 등단작인 「누님」은 발표연도는 「할미꽃」보다 늦지만 쓰여진 시기는 오히려 조금 더 빠르다. 이 작품은 2음보 4.4조 운율에 재가한 그러나 소식이 없는 누님을 그리는 마음을 담고 있다. 3연으로 구성되어 있지만 각 연은 소식 없는 재가한 누나를 그리는 화자의 심정을 담고 있다. 1연은 초승달이 재 넘을 때 꼭 온다더니 보름 그믐이 되어도, 2연은 누님이 주고 간 괴불주머니에 세 번이나 세뱃돈이 들어가고 주머니에 수놓은 복사꽃이 떨어져도, 3연은 강남 갔던 제비가 떨치고 간 박씨가 덩굴져도, 즉 기다리는 시간이 점점 길어져도 끝내 소식이 없는 누님과 그럴수록 더 깊어지는 그리움과 애틋함을 점층화하고 있다. 특히 3연은 강남제비에 누님 소식을 묻고, 제비는 바라지도 않는 박씨를 떨치고 가고, 뒷동산에 고이 심은 그 박씨가 덩굴지는 일련의 과정을 통해 누님에 대한 그리움을 설화적으로 아름답게 묘사하고 있다.

　1926년 12월『新民』20호에 발표한 「써나기前」은 님과의 이별을 앞두고 시계바늘을 늦게 해놓았다가 도로 제자리에 돌려놓은 안타까운 심경을 담고 있다. 아침이면 떠나는 그대가 미워 새벽에 시계를 뒤로 돌려놓았지만(1연) "그러나 車놋치고 그대怒하면 / 이내마음얼마나 압흘가하고"(2연) 다시 시계바늘을 돌려놓고 등져 홀로 눈물짓는 애잔한 심정을 표현하고 있다. 여기서 시계바늘을 되돌려놓는 이유가 그대가 노할까봐서 보다는 보내는 내 마음이 아플까봐서가 더 크게 작용하는 것으로 보이는데 이는 앞선 고려가요나 소월의 「진달래꽃」 등 우리 시가의 전통적인 이별의 정서를 고스란히 이어받고 있는 것이다.

………… 아버지죽은날, 어린아달의 노래한 …………

아버지 누어잇든자리에
남어잇는 銅錢한닙.
헛간에 광이는 덧업시서잇다.
나는조고만 내손을본다.
　　　　—「힘—싀골에서—」(1926. 8. 7. / 『現代評論』, 1927. 5.)

「아들의불으는노래」와 「힘—싀골에서—」는 아버지를 그리는 애틋한 마음을 담고 있다. 「아들의불으는노래」는 아버지가 짚고 다니던 지팡이(지팡이소리)를 아버지로 동격화하여 아버지의 자리를 그린다. "저녁녁헤 자리에누어 감안히듯노라면, / 대문을나서, 窓압흘지나, 차차로히슬어지는, / 오! 아버님의집행이ㅅ소리."는 현실적으로는 차차로히 사라지지만 화자의 마음속에는 너무나 외롭고 쓸쓸한 소리로 남아 '나'는 자리를 쓰고 누워 눈물짓고 끝내는 '석자기리 집행이'는 한없는 슬픔으로 남게 된다. 한없는 슬픔으로 남는 존재가 아버지라는 것이다.

'아버지죽은날, 어린아달의 노래한'이란 부제를 달고 있는 「힘—싀골

에서-」는 아버지가 작고한 날 누워있던 자리에 남아 있는 '銅錢한닙'
과 헛간에 덧없이 서 있는 '광이'를 발견한다. 1차적으로는 아버지가 누
워 있던 자리→동전 한 닢과 괭이→조그만 내손으로 시선이 이동하면
서 동전 한 닢과 괭이를 아버지와 동일시하는 데까지 나아간다. 그리고
이를 통해 아버지를 잃은 감정에 함몰되지 않고 슬픔과 그리움을 담담
히 표현하는 시적 성취를 이루고 있다.

「힘-싀골에서-」의 부제 '아버지죽은날, 어린아달의 노래한'이나 바
탕이 되는 정서를 볼 때 이 작품들은 아버지를 여의고 쓴 것으로 보인
다. 그런데 이 작품들이 1926년 8월에 창작되어 1927년 5월『현대시론』
에 발표된 데 반해 박태원의 부친이 작고한 때는 한참 후인 1928년 3월
15일로 창작동기를 설명하기가 쉽지 않다. 아버지에 대한 일반적인 그
리움이나 부친부재로 상징되는 시대적 결핍감을 반영한 것으로 볼 수
있지 않을까 싶다.

泊太苑이라는 필명으로 처음 발표한 시 「외로움」은 휘파람 소리가 들
릴 때 마다 "나도 어대로 갈데나 있는듯하여 / 더좋은 더따뜻한 정말 내
집이 다른데 또 있는것도 같하야 / 공연히 깃버서는 서성거리다 / 자리
에 누어서도 그리웁니다."라고 공허한 외로움의 정서를 보이면서도 작
은 휘파람 소리에도 들떠 어디론가 갈 곳이 있을 것 같은 십대 청년의
호기심을 담고 있다. 「창」 역시 「외로움」과 같은 정조로 호기심과 그것
이 해결되었을 때의 상황을 가볍게 그리고 있다. 미인, 새, 바람, 꽃잎이
있는 창밖의 풍경을 제시하며 호기심을 자극하고(1연)는 창밖으로 고개
를 내밀어 보았을 때 "美人은업고 새는날지안코 / 꽃닙은지지안코 / 푸
른한울의아름다운風景은자최를감춥니다"라고 호기심이 해소되었을 때
신비로움은 사라지고 만다(2연)고 말한다. 그리고 3연에서는 자신도 호

기심에 창밖을 보았으나 마찬가지로 "나는다시美人을보고 새그림자를 닛고 / 쏫자최를다시차질수업게되엇나이다"라고 호기심 많은 청년의 모습과 자신을 동일시하고 있다. 또 권태에 관한 가벼운 소품인 「수수 썩기」 역시 앞의 두 작품과 같은 선상에 있다.

이와 같이 상실과 외로움, 공허함 등을 담고 있는 시편들은 기본적으로는 구보의 산문에서 표명한 '진'과 '열'이 새겨긴 '아무 허식이 없는 인생/생활의 기록'으로서의 시문에 충실한 것이다. 이 시기의 구보에게 '아무 허식이 없는 인생/생활의 기록'이란 시대적 상황에 대한 정치적 인식이나 저항이 아닌 조숙하고 거칠게 없는 자칭 천재인 십대 청년의 가슴에 가득한 희열, 욕망, 애수, 우울, 열정 등을 충실히 담아내는 것이라 할 수 있다.

2) 식민지 청년의 내일과 희망찾기

거칠 것 없이 문학에만 집중하고 힘을 쏟은 들뜬 마음으로 십대 후반을 보낸 스물한 살 청년에게도 암울한 식민치하는 비켜갈 수 없는 현실이 아닐 수 없다. 그러한 현실에 대해 직접적이지는 않지만 가슴에 들어온 그것에 대한 인식을 표현하는 것은 곧 그의 시론인 '아무 허식이 없는 인생/생활의 기록이 담긴 시문'이자 '진과 열을 아로새긴 성명(性命)의 시'에 부합하는 것이다. 박태원은 이 시기에 소련의 프롤레타리아 작가들의 작품에 대한 3편의 평론을 발표[22]하였으며 이 때문에 김팔봉

---

22 박태원은 1931년 〈동아일보〉에 소련 프롤레타리아 소설에 대한 평론 아파데이에 프의 소설 『회멸』(4월 20일), 리베딘스키의 소설 「일주일」(4월 27일), 끄라토코프의 소설 「세멘트」(7월 6일) 등 3편과 번역 「하르코프에 열린 혁명작가회의」(5월 6~10일)를 5회에 걸쳐 발표하였다.

으로부터 "좌경하려다가 역전한 모던 뽀이라는 인상을 준다"는 평가를
받기도 했다. 여기에 해당하는 작품들은 「失題」「한길」「동모에게」 또
다른 「동모에게」「휘파람」 등이다.

> 젊은사람들
> 모든바람에 자긔의목숨을바치는사람들─그들의몸과마음이 아름다웁
> 다는것은
> 그들의목숨이 그들의바람이
> 明日의것인까닭
>
> 그대여!
> 그대도나도 이제스물하나
> 젊고아름다워야만할 그대와 나의머리를두드릴째 그속에서
> 웨昨日의音響이새여나
> 비록明日의것으로할수업다하드라도
> 그대여!어쩌케든지하야今日의것으로라도합시다
> ─「失題」(1929. 5. 30. / 〈東亞日報〉, 1930. 1. 22.)

스물한 살 청년의 눈에 들어온 것은 "젊은사람들 / 모든바람에 자긔
의목숨을바치는사람들"이다. 젊은 사람들이 자기의 목숨을 바치는 것
은, 그것이 아름다운 것은 그것이 내일, 즉 미래를 위한 것이기 때문이
다. 그러나 희망을 상실한 현실은 그리 쉽지만은 않다. 하여 스물하나
의 젊고 아름다운 그대와 나의 머리를 두드릴 때 새어나오는 것은 밝은
미래를 향한 소리가 아닌 '昨日의 音響'인 것이 현실인 것이다. 따라서
시인은 한 발짝 물러서 절충을 제시한다. 젊은이들의 목숨과 바람이 내
일의 것이 될 수 없다하더라도 좌절하기보다는 "어쩌케든지하야今日의
것으로라도합시다"라고. 적극적인 시대인식과 저항의 표시라고 할 수
는 없고 보기에 따라 현실순응적 태도에 가까운 것으로 볼 수 있지만 앞

선 시들과는 달라진 면모를 발견할 수 있다. 또한 달라진 인식과 함께 제목 「失題」가 단순히 제목 없음이 아닌 중의적으로 읽히는 점도 흥미롭다. 「失題」에서 보인 인식의 변화는 이어 발표한 「한길」 「동모에게」 「휘파람」 등에서 더 적극적으로 한 발짝 더 나아가 있다.

뒤에서 누가 작고매질합니다
아프로 나가라고 매질합니다
갈길은두갈래길죽엄길과쏘한길
일흠 모를그길이 죽음길보다
더괴로운 길인줄야 아지요만은
그래도 이한나라 백성이라고
매질보다 앞서서 가노랍니다
한마음 굿게먹고 가노랍니다
—「한길」(1929. 12. 26. / 〈東亞日報〉, 1930. 1. 23.)

누구라 스무해를 쨟다하오리
代물린 묵어운짓 등에지고서
예는길 괴로워라 참괴로워라

산넘고 물을건너 가고쏘가도
언제든 머나먼길 오즉이한길
괴롬말고 몸둘곳 바이업서라

괴롬말고 몸둘곳 업는줄알며
동모야 맘傷하는 네가우습네
눈물한숨 거두고 마조안자서
위선 노래한머리 가티부르세
—「동모에게」(1930. 1. 21. / 〈東亞日報〉, 1930. 1. 24.)

특히 「한길」 「동모에게」는 조선총독부 경무국 도서과에서 펴낸 『언문신문의 시가』에 각각 '조선의 독립(혁명)을 풍자하여 단결투쟁을 종용한 것' '조선총독부를 저주한 배일적인 것'으로 분류되어 실려 있는 점[23]에서 볼 수 있듯이 내용이나 의도를 쉽게 짐작할 수 있다. 이 두 편을 포함한 일련의 시편들은 식민치하의 현실을 직시하고 무언가를 모색하려는 젊은 시인의 아무 허식 없는 진과 열의 기록이라 할 수 있다.

앞서 내일을 위해 목숨을 바치는 젊은 사람들을 말한데 이어 「한길」에서는 죽음의 길과 이름 모를 또 하나의 길, 두 개의 길을 제시한다. 뒤에서 자꾸 앞으로 나가라고 매질하는 길은 죽음으로 가는 길과 이름은 모르지만 죽음보다 더 괴롭고 고통스러운 길이다. 여기서 제시된 길은 두 개이지만 가야만 하는 길은 후자임이 분명하다. 매질하는 누구는 암울한 시대이고 또 그것을 인식한 시인 자신이다. 그래서 그 길이 죽음보다 더 괴롭고 힘든 길이라는 것을 알지만 이 나라의 백성으로 또 지식인 청년으로서 회피하지 않고 "매질보다 앞서서 가노랍니다 / 한마음 굳게먹고 가노랍니다"라고 다짐하는 것이다. 이것이 '진과 열을 아로새긴 성명(性命)의 시'에 합치하는 것이기 때문이다.

---

23 『언문신문의 시가』는 조선총독부 경무국 도서과에서 〈동아일보〉 〈조선일보〉 〈중외일보〉 등 세 신문에 1930년 1~3월 동안의 게재된 한글시 가운데 134편을 일본어로 번역, 발간한 일역 조선시가집이다. 2개월 여의 번역 끝에 1930년 5월 펴낸 이 시가집은 수록 작품들을 △조선의 독립(혁명)을 풍자하여 단결투쟁을 종용한 것 △조선총독부를 저주한 배일적인 것 △빈궁을 노래하고 계급의식을 도발한 것 등으로 세분류하고 있다 또한 다른 어문학자료들은 대개 조선총독부의 관변단체인 조선어연구회 등에서 펴낸 것과는 달리 발행주체가 조선총독부 경무국 도서과에서 직접 펴낸 점 등으로 볼 때 발간의도를 짐작할 수 있게 한다. 이 시가집에 실린 시 134편은 신문별로는 〈조선일보〉 78편, 〈동아일보〉 32편, 〈중외일보〉 24편이며 각 시편의 제목, 게재신문명과 게재일자를 표시하고 있으나 작가의 이름은 밝히지 않고 누락시켰다(「일제의 문학탄압을 위한 〈언문신문의 詩歌〉」, 『월간중앙』 1월호, 2005년 참조).

「동모에게」는 계속되는 일제 식민지배에 대한 괴로운 현실인식을 토로하고 있다. 스무 살 청년에게 '代물린 묵어운짓'을 등에 지고 가는 현실은 괴로운 길이 아닐 수 없다. 하여 시인은 괴로움 말고는 몸 둘 바 없는 것이 현실에서 마음 상해하는 동무에게 우습다며 "눈물한숨 거두고 마조안자서 / 위선 노래한머리 가티부르세"라고 위로를 건넨다. 괴로울 수밖에 없는 식민치하의 암울한 현실 속에서 마음 상해하는 청년의 안타까운 심정을 그리고 있는 것이다.

같은 날 쓰였지만 앞의 「동모에게」보다 이틀 늦은 1930년 1월 26일 같은 지면인 〈동아일보〉에 발표한 또 다른 「동모에게」는 현실은 암담하고 괴롭지만 이를 극복하는 방안으로 큰 힘을 그리우며 믿는 기쁜 마음을 제시하고 있다. 그 기쁜 마음이 있으니 찾아오는 벗이 없어도 외롭지 않고, 갈 길은 멀고 할 일 많으니 남의 시비에 아랑곳할 겨를이 없다고 말하며 "이한날을 힘잇게 살고 오세나"라고 격려한다. 암울한 현실 속에서 희망을 찾으려는 의지를 표출하고 있는 것이다. 「휘파람」역시 같은 선상에서 희망 없는 시대의 방황과 그 속에서도 놓지 않는 희망을 담고 있다. 화자는 "어대라 갈곳은 없지만 서도" 집을 나서고 "헤맨다 슬어질 설음 아니지만도" 거리를 헤맨다. 그리고 듣는 이가 없더라도 노래를 부른다. 그 노래를 부르는 행위는 소극적이고 움츠러든 작은 목소리가 아니라 "창을 열어젯기고" 부르는 것이다. "그래도 행혀 누가 들어줄가고" 하는 희망이 담겨 있기 때문이다.

3) 심상을 짧은 시행에 형상화한 서정시로의 회귀

박태원의 식민지 현실에 대한 인식과 그 속에서 희망을 찾고자 하는 시도는 그리 오래 지속되지 못한다. 이것은 박태원 개인의 한계이기도

하지만 앞서 살펴보았듯이 1930년대 시인, 소설가들의 태생이 이념의
가능성을 포기하고 출발한 데서 오는 것이기도 하다. 따라서 이들에게
는 시대인식과 저항을 지속적으로 추동하는 것보다는 문학 내에서 가
능성을 찾고 진지한 실험과 도전을 펼치는 것이 더 자연스러운 것이고
"향수 · 그리움 · 망향감 등이 그들의 지배적인 시적 감정이었다"[24]는 점
을 이해할 필요가 있다. 「小曲」 이후의 「異國憶兄」 「가을바람」 「가을마
음」 「綠陰」 「病院」 등의 시편들은 다시 문학 안으로 돌아와 개인의 서
정을 담은 시편들이다. 이 작품들은 짧은 시형에 군더더기 없는 시어로
계절과 전원의 풍경에서 오는 서정을 담는 특징을 보인다.

　1930년 1월 〈동아일보〉에 잇따라 발표한 허식 없는 시대인식을 보여
주던 시편들에 이어 2월 2일 발표한 「小曲」에는 돌연 근심과 괴로움이
사라지고 산과 들을 사랑하는 소박한 마음만이 남아 있다. 산을 좋아하
고 들도 좋아하는 나는 "놉직한 바위 위에 / 잔듸밧 위에 // 배대고 누어
서는 / 피리 분다네."라고 낙관적인 전망을 내놓으며 전원 속에 안락한
마음을 담은 소박한 서정을 3연 6행의 짧은 시행에 옮겨놓고 있다.

　　오동나무 닢새 모다
　　떨어 지소라―

　　어버이 없는 이 의

24　김종철, 같은 책, 11면. 김종철은 일체의 정치 이념의 가능성을 포기한 30년
　　대 시인들의 태생적인 한계를 진단하고 이것이 이들에게 향수, 그리움, 망향
　　감 등의 지배적인 시적 감정을 가져왔다 본다. 아울러 "삼십년대의 한국이라
　　는 일정한 역사적 조건 자체가 야기하는 경험의 혼란을 온전히 해명할 수 있
　　는 준비가 갖추어져 있지 않았다는 점도 큰 요인이었다"고 지적하고 있다.

조고만 얼굴.

— 「가을바람」(『新生』 4권 2호, 1931. 2.)

귀뚜람이 안들어도
가을 온줄 아옵네

주인ㅅ집 딸의 눈에
사람 그리우는 빛.

— 「가을마음」(『新生』 4권 2호, 1931. 2.)

夢甫라는 필명으로 1931년 2월 『신생』에 발표한 「異國億兄」 「가을바람」 「가을마음」은 공통적으로 2연 4행에 2음보 운율을 취하고 있는 짧은 서정시이다. 주제 또한 공통적으로 그리움을 다루고 있다. 「異國億兄」은 이국에 있는 형을 그리는 마음을, 「가을바람」은 어버이를, 「가을마음」은 가을을 배경으로 주인집 딸이 사람을 그리워하는 마음을 각각 담고 있다. 이 3편은 모두 그리워하는 대상을 다른 사람이나 사물을 통해 짧지만 선명하게 형상화하고 있는데 특히 「가을바람」과 「가을마음」은 시적 비유가 계절적 배경과 함께 어우러져서 그리움의 정도와 정서를 선명하게 표현함으로써 서정시로서 상당한 수준을 보이고 있다.

「가을바람」은 가을바람에 오동나무 잎새가 떨어지는 것과 어버이 없는 이의 조그마한 얼굴을 병치시키면서 수척하게 야위면서 어버이를 그리는 마음을 더욱 깊게 표현하고 여기에 가을이라는 계절적 배경을 더함으로써 시적 분위기를 고조시키고 있다. 「가을마음」은 "귀뚜람이 안들어도 / 가을 온줄 아옵네"라고 계절적인 정황이 없이도 가을이 온 것을 알 수 있다고 전제하고, 2연에서 그 이유를 "주인ㅅ집 딸의 눈에 / 사람 그리우는 빛"이라고 압축적으로 표현함으로써 계절의 순환이라는 자연의 섭리를 넘어서는 간절한 그리움을 빼어나게 형상화하고 있다.

그러나 시인으로서의 구보 박태원은 여기서 사실상 종지부를 찍은 것으로 볼 수 있다. 『신생』에 3편을 발표한 이후 「綠陰」 「病院」 2편의 시를 더 발표하였는데 서정시의 맥락은 유지하고 있으나 시어의 압축성과 시적 완결성 등이 현저히 떨어지고 발표 간극도 1933년 6월과 1935년 2월로 멀어진다. 1929년 처음 소설을 발표한 이래 여러 장르를 넘나들며 창작을 계속해왔지만 점차 시보다는 산문(수필, 평론)과 번역물이 많아지고 1933년 「소설가 구보씨의 일일」의 전신이라 할 「피로—어느 반일의 기록」 이후에는 소설창작에 전념하였음을 확인할 수 있다. 이 이유로는 1928년 부친이 작고한 이후 가족들의 도움 없이 그리고 다른 직업도 없이 전업문인의 길을 걸은 점, 그리고 1934년 결혼과 함께 가정을 꾸리면서 맞은 생활인으로서의 불가피한 현실 등이 작용한 것으로 해석할 수 있다.[25] 한편으로는 소설가로서의 문명이 높아지면서 소설에 전념하고자 하는 데서 오는 것으로도 볼 수도 있다.

1933년 6월 발표한 「綠陰」은 발표지인 『신동아』의 목차에 '非詩人의 詩'라는 제목 아래 수록한 4명의 작품 가운데 한 편이다. 네 편중 세 편의 제목이 「綠陰」이며 다른 한 편은 「숲속에 農夫」인 것으로 볼 때 잡지 편집자가 비시인들에게 '녹음' 또는 '초여름'을 주제로 청탁한 것으로 보인다.

---

25 박태원은 산문 「궁항매문기」에서 최소한의 생활비를 구하기도 힘든 조선의 작가로서의 생활의 어려움을 하소연하고 생활비에 해당하는 "다달이 ××원을 구하기 위하여서 조선 작가는 다달이 2백 40, 50매의 원고를 쓰지 않으면 안된다"(「궁항매문기」(〈조선일보〉 1935년 1월 18~19일), 같은 책, 244~246면 참조)고 하소연하는 등 이 시기에 여러 산문에서 작가로서 생활의 어려움을 토로하고 있다.

솔숲을 헤치고 잔듸를 지나
끊일듯 끊이잖고 이 한길
다시 숲속을 찾어드네
피로한 나그네
　　쉬염 쉬염 지나는 길일네
마을의 처녀
　　몰동이 니고 지나는 길일네

　(하날에 별은 딱업고
　　매암이 울음 졸리운 시절, 六月)

거리에 시달린몸 이끌어
동무야 나 딸어 오게나
나무 그늘에 몸덮어
잔디 우으를 딩굴면

매암이 울음
　　새롭게 귀에 맑으니
휘파람소리
　　푸른 하날에 절로 높으이

숲속을 헤치고 잔듸를 지나
끈힐듯 끊이잖고
다시 숲속에 드는 길
매암이 날어가고
휘파람 지치여
가만한 바람에 팔괴여 잠들면

소리도 업시 이 길을 지나거니……
아! 첫여름의 대낮.

― 「綠陰」(1933. /『新東亞』 3권 6호, 1933. 6.)

필명이 아닌 본명 박태원으로 발표한 「綠陰」은 초여름 녹음에 대한 예찬이다. "하날에 별은 딱업고 / 매암이 울음 졸리운 시절, 六月"의 우거진 숲속은 피로한 나그네가 쉬엄쉬엄 지나는 길이고 마을처녀가 물동이를 이고 지나는 길이다. 뿐만 아니라 거리에 시달린 몸을 나무 그늘에 던져 잔디 위를 뒹굴면 매미 울음이 새롭게 귀를 맑게 하고 휘파람 소리 하늘에 절로 높은 평안하고 여유로운 공간이다. 하여 그 길은 "숲속을 헤치고 잔듸를 지나 / 끈힐듯 끊이잖고 / 다시 숲속에 드는 길"이 되고 "매암이 날어가고 / 휘파람 지치여 / 가만한 바람에 팔괴여 잠"드는 곳이 된다고 예찬한다.

마지막 발표시인 「病院」은 앞의 서정시들과는 형식과 내용면에서 많이 다르다. 산문형식으로 병원의 풍경을 5장에 걸쳐 그리고 있는 이 작품은 연보로는 확인이 안 되지만 구보 자신이 맹장염으로 병원에 입원했을 때 보고 느낀 병원의 풍경과 환자로서의 소회를 산문시 형식을 빌려 쓴 것으로 생각된다.

"아픕니다. / 모두들 아픕니다. / 모두들 너무나 아픕니다. // 웨이리 우중충하고 또 凶합니까. / 마음은 어둡고 답답합니다."로 시작되는 이 작품은 자신이 마음이 어둡고 답답하며 모두들 아프고 우중중하고 흉하다고 한다. 무언가 희망을 찾으려 해도 "白灰칠한 유리박이 또어에는 거의 녹쓸은 자믈쇠가 채"워져 있고 열쇠가 있어 나간다 해도 끝내 볼 수 있는 것은 "汚物이 넘처담긴 쓰러기桶과 또 모양없는 두어구루雜木에지나지않었으리라"한다고 비관적인 심경을 드러낸다. 2장 '病者'에서는 불결한 환경 속에 한숨짓지만 서로 가여워하고 서로 아파하며 한편으로는 서로 의지와 위로가 되는 환자들에 대해 서술하고 있다. 3장 '看護婦'는 개끗한 수수레(수술의)에 맵시 있는 백구두를 신은 젊고 어여쁜 간호부들의 건강하고 힘찬 모습을 그림으로써 앞의 어둡고 우중충한 병원 풍경을 환기시키고 있다. 4장 '注意'는 병원 벽에 붙은 "盜難당할 念慮가 있으니 가지신 物件은 제 各其 간수하시오"라는 주의 표시를 보고 아픈 병자들만 있는 곳에 어울리지 않는 인심박한 것이라고 한다. 5장 '병실'은 다시 어둡고 칙칙한 병실 풍경을 주목하고 병자의 마음은 그보다 더 어둡다고 서술하며 "몇 번이든 이 房을 찾았을 죽엄의 그림자에 가만이 몸서리칩니다."라고 병자의 마음을 털어 놓는다. 그리고 맹장염의 수술경과가 좋아 "來日부터는 米飮을 먹고 窓밖에 봄이 채 오기前 多幸하게도 健康은 좀더 빨리 아픈 이를 찾을듯도 합니다."라고 안도하며 치유와 회복의 기대를 표시하고 있다. 이 작품은 아픈 사람들만 가득한 어둡고 우중충한 병원의 풍경과 맹장염 수술을 위해 입원한 환자의 암울한 심경을 그리면서도 밝고 건강한 간호부의 모습과 수술경과가 좋아 치유와 회복을 기대하는 희망을 대비시킴으로써 어둠속 희망찾기로 확대되어 읽히는 묘한 중의적인 힘을 보이고 있다.

4. 맺는 말

구보 박태원의 시 연구는 그가 소설가라는 통념과는 달리 시인으로 문단에 첫발을 내디디고 한동안 활동했다는 점에 주목하고 그가 발표한 시 전편과 시론을 살펴보았다. 이는 한 시인이나 소설가의 초기작이 그의 문학적 방향이나 지향점을 인식하고 작품세계를 이해하는 데 중요한 역할을 하는 경우가 종종 있음을 생각해 볼 때 박태원의 시와 시론을 살핌으로써 그의 초기 문학적 인식과 방향성을 이해하고 더 나아가 박태원의 문학적 인식 흐름을 새롭게 이해할 수 있었다.

박태원은 문학에 시로 입문하였을 뿐만 아니라 분명한 자신의 시론을 가지고 있었으며 관심과 열의를 가지고 매달렸던 것으로 보인다. '진(眞)과 미(美)와 열(熱)을 아로새긴 성명(性命)의 시'는 그의 시론 핵심에 자리해 있으며 이것은 '아무 허식이 없는 인생/생활의 기록'으로 발현된다. 이러한 시론은 그의 여러 편의 산문에 공통적으로 나타나며 다른 이의 시편들을 논하는 기준이 된다. 또한 박태원의 시는 이러한 시론을 바탕으로 시대적 인식과 문학적 성숙에 따라 '상실과 그리움 그리고 공허함의 세계' '식민지 청년으로서의 시대에 대한 인식을 바탕으로 한 희망찾기' 그리고 '심상을 짧은 시행에 형상화한 서정시'의 순으로 나타나고 변모하였음을 확인하였다. 또한 근대문학 100년사에 있어 탁월한 문학적 성취를 이룬 위대한 작가라는 잣대를 놓고 볼 때 그의 시가 일견 습작 수준으로 간과될 수 있으나 1920년대 후반 우리 시단의 다른 시들과 견주어볼 때 나름 일정한 성취를 이루고 있으며 특히 분명한 자기 시론을 가지고 이를 계속해서 실현해 나갔다는 점에서 상당한 의미를 부여할만하다.

또한 이러한 시론과 시세계를 박태원 문학세계 전체에 넣어서 볼 때 리얼리즘 중심의 식민지 소설을 부정하고 모더니즘의 새로운 숨결을 불어넣은 선구자였으나 종국에는 자신이 부정했던 현실재현의 리얼리즘소설로 돌아온 작가라는 통념에서 한 발짝 더 나아가 '소박한 리얼리즘을 품은 시인' → '새로운 기법과 형식으로 모더니즘의 새 장을 연 소설가' → '모더니즘과 리얼리즘을 아우르며 자신만의 세계를 추동해 나간 소설가'로 더 크고 새롭게 이해할 수 있는 근거를 확보하고 있다고 할 수 있다.

아울러 이 연구가 박태원과 그의 작품세계가 쉽게 정의하거나 규정짓기 어려울 정도로 다양하고 다성적인데 반해 "한글로 쓰여진 소설 작품

가운데 가장 파격적이고 실험적인 작품"[26]을 쓴 한국 모더니즘을 대표
하는 작가로 정의되고 소설에만 집중되었던 기존의 연구에 더해져 박
태원의 문학세계 전체를 보다 새롭고 폭넓게 조망하는 데 도움이 될 수
있을 것으로 믿는다.

---

26 천정환, 「식민지 모더니즘의 성취와 운명 – 박태원의 단편소설」, 박태원, 『소설
　가 구보씨의 일일』, 문학과지성사, 2005.

참고문헌

1. 자료

박태원, 「할미꽃」, 〈조선일보〉 1925. 9. 7. 외 18편.

______, 『구보가 아즉 박태원일 때』, 깊은샘, 2004.

______, 『소설가 구보씨의 일일』, 문학과지성사, 2005.

______, 『천변풍경』, 깊은샘, 1989.

박태원 생애연보 · 작품연보 · 연구서지, 최원식 · 강상희 외, 『전환기, 근대문학의
　　　모험』, 민음사, 2009.

「일제의 문학탄압을 위한 〈언문신문의 詩歌〉」, 『월간중앙』 1월호, 2005.

2. 논문

강상희, 「거울에 대한 명상」, 『전환기, 근대문학의 모험』, 민음사, 2009.

권영민, 「박태원 소설과 모더니티의 새로운 지평」, 『구보 박태원 탄생 100주년 기
　　　념학술대회 · 해외 번역자 초청 심포지엄 논문집』, 구보학회 외, 2009. 7.
　　　10.

김미지, 「한 전업 글쟁이의 마침표 없는 붓 달리기」, 『작가세계』 겨울호, 2009.

김종철, 「30년대의 시인들」, 『시와 역사적 상상력』, 문학과지성사, 1978.

류보선, 「한 문학주의자의 운명 ― 박태원의 수필 읽기」, 『구보가 아즉 박태원일
　　　때』, 깊은샘, 2004.

이상경, 「박태원의 역사소설론」, 정현숙 편, 『박태원』, 새미, 1995.

임인식, 「寫實主義의 再認識 ― 새로운 文學的探究에 寄하여 ―」, 〈동아일보〉, 1937.
　　　10. 8.

임　화, 「新刊評叢」, 『博文』 6호, 1939. 3.

정현숙, 「박태원의 문학세계」, 정현숙 편, 『박태원』, 새미, 1995.

천정환, 「식민지 모더니즘의 성취와 운명 ― 박태원의 단편소설」, 박태원, 『소설가
　　　구보씨의 일일』, 문학과지성사, 2005.

최원식, 「전간기 문학의 기이한 진화」, 『전환기, 근대문학의 모험』, 민음사, 2009.

3. 저서

김상태, 『박태원−기교와 이데올로기』, 건국대 출판부, 1996.
김환태, 『김환태 전집』, 현대문학사, 1972.
최재서, 『문학과 지성』, 인문사, 1938.

부 록

구보, 남조선문학가동맹 평양시찰단 일원으로 평양에 가다

박일영(구보 박태원의 장남)

1. 6 · 25전쟁

나 일영(一英)은 열두 살 나이에 42세가 된 구보(仇甫)의 손을 잡고, 1950년(그때는 단기를 썼으니 4283년) 6월 28일 늦은 오후, 북쪽에서 들리던 포성이 멎은 지도 두 식경이 훨씬 지난, 한 이레 전이 하지였으니 긴 여름 해는 아직도 한낮처럼만 느껴지던 때, 성북동 골짜기에 있던 싸리 울타리 집을 나와 마전터를 가로 질러 보성 고개를 넘어 혜화동 로터리에 이르렀다. 인파가 꽤 붐볐고, 종로 4정목 네거리 못 미처 동대문 경찰서 건너편 전매서 골목의 둘러선 아이들 사이로, 태극기를 띠처럼 접어 어깨에서 허리로 두른 순사가 피를 흘린 채 엎어져 있는 주검을, 내 생애 최초로 목격했다. 전쟁이었다. 만화에서나 보던.

우리가 네거리에 나서자 동대문 쪽에서 집채만큼 육중한 무쇠 탱크가 캐터필러 소리도 요란하게 전차길 위를 질주하는데, 긴 포신 뒤에는 전투모와 나뭇가지로 위장을 한 인민군들이, 예의 따발총이라는 걸 가로 들고 앉고 서서 무표정하게 지나간다. '어, 저렇게 무거운 게 전차길 위로 지나가면 후제 전차는 어찌 댕길구. 전차길이 짜부러져서……' 난 그런 생각을 하던 어린이였다. 인민군들의 서울 입성을 환영하는(?) 인파는 더욱 많아지고, 군데군데 그때까지 못 보던 인공기(북의 인민공화국 국기)를 들고 만세를 부르는 사람도 간간이 눈에 띄자 우리는 부지중에 잡은 손에 힘이 들어감을 느꼈다.

그로부터 한 이틀, 속내는 몰라도 겉으론 평온한 그런 나날들이 지나갔다고 기억한다. 그러던 중 세상이 바뀌고 사흘째, 1950년 7월 초하루 낮때 쯤 해서, 두 마리 거위가 목을 땅으로 길게 뻗고 꺽꺽거리고 개가 사납게 짖는 속에 우리 집에 손님이 왔다. 키도 크지 않은 이가 깡마른데다 머리를 치켜 깎아 단정해 보이긴 하지만 어딘지 눈귀가 올라붙은 게 성깔이 있어 보였는데, 미소조차 조금은 싸늘하게 느껴지는 게 갓 서른을 넘겼을 젊은이였다. 아버지를 대하는 품은 아주 정중했다. 그리 길지 않은 대화가 있은 후 아버지는 외출 준비를 하시며 어머니와 몇 마디 짤막한 대화 뒤에, 눈이 똥그래진 우리들을 뒤로 하시고 그를 따라 집을 나섰다. 그리고 일주일이 다 되도록 아버지는 돌아오시지 않았다.

2. 구인회와 카프

어머니는 아버지가 낯선 젊은이를 따라 나가신 후 이틀은 우리들이 혹 아버지에 대해 물을까 겁을 내시는 듯, 내 생각에는 대수롭지도 않은 일에 웃기도 하시고 별로 맛도 없는 그런 반찬을 만들어 놓으시고도 맛있다고 우리들도 먹어 보라며 혼자서 맛이 있는 양 '냥냥, 아 맛있다'

를 연발하시기도 했지만, 우리들은 우리들대로 짚이는 데가 있었다. 굳이 변변한 답변을 가지고 있지 않을 어머니를 위해 묻지는 않았지만, 아버지가 무언가 잘못돼 가고 있는 것 같은 불길한 예감에, 되도록 다투는 일도 삼가고 조용히 책을 본다든가 마당을 거닌다든가 하면서 나름대로 아버지가 얼른 돌아오셨으면 하는 마음뿐이었다.

사흘이 지나자 어머니는 학교 때 배구 선수였을 뿐 아니라, 조금은 괄괄한 성품에 덜렁대는 품이라서, 더는 조바심이 나 집에 계시지 못하겠다는 듯, 흰 모시 치마저고리를 뻗쳐 입으시고, 우리들에게는, '내 횡 허니 문안에 좀 댕겨오마'며 행선지나, 무슨 볼 일이란 말도 없이 집을 나가셨는데, 어린 동생들까지도 늘 하듯, 어디를 가느냐, 나도 따라가고 싶다든가, 돌아오는 길에 먹을 것을 사 와야 한다든가 하는 일도 잊었던지, 어머니는 아주 수월하게 집을 빠져나갈 수 있었다.

첫째 날도 둘째 날도 나갔다 오시면 진솔 버선 신고 나간 걸 어느 정신 빠진 녀석이 밟았다든가, 전차 길을 건너는데 자전거를 탄 상고머리가 달려들어 하마터면 핸드백을 놓칠 뻔했다든가 하는, 우리가 기다리는 소리는 단 한 마디도 비추는 일 없이, 덥단 소리만 연해 해 가며 휘갑을 치시곤 했지만, 우리는 아버지에 관한 궁금증을 단 한 마디도 묻지 못하고 답답해하기만 했다. 사흘째 나갔다 오시더니, 예의 하던 객쩍은 소리는 않고, 한숨만 쉬시며, 그 날도 어느 녀석에겐가 밟힌 버선을 벗어 터시다, 누나들 들으라는 듯 하시던 이야기는, '앞집 배정국 씨랑 누구누구도 다들 사흘 닷새 만에 나오셨는데, 아버지와 정 선생님만 아직도 무슨 조사들을 받고 있는지 소식이 없다고, 어제도 그제도 좀 들어가 알아 달라고 청을 했건만, 어쩌면 동기간인데, 그 위에 아버지가 그들에게 어떤 형님이고 오라버닌데, 뭐 그리들 바쁘다고 나 몰라라, 모처럼 하는 청을 뒷전으로 돌리는지 생각하면 생각할수록 정말 섭섭하다'고 혀까지 끌끌 차셨지만, 우린 그 일에 관해 어떠한 의견도 낼 수가 없는 노릇이, 도무지 무슨 일로 우리 아버지가 어떤 사람들에게 억류되어 있다든가 잘못이 있어 닦달을 받고 있다고는 상상할 수가 없었기 때문이다.

나는 집히는 데가 있었다. 아마 이번 일은 무엇보다 서울신문에 연재하시던 「임진왜란」이 문제가 된 모양이었다. 먼저 올라갔다 내려온 친구들은 모두가 이념을 떠나서 구보와 막역한 벗들이다. 특히나 구인회를 뭇던 당시의 유명짜한 분들은 여럿이 동란 전에 식솔하여 월북을 했지만, 구인회가 탄생할 때의 세태나 당시 쇠해 가던 카프를 생각 한다면, 그리고 당시 순수문학을 지향하던 그들이 카프에 정면으로 맞서서 만든 구인회는 아니지만, 회원들의 면면이 카프 맹원들의 작품을 좋게 평하지는 않았을 뿐 아니라, 문단에서 내로라하는 분들이라지만 북에서의 입지는 그리 순탄치 않았던 것이, 카프 안에서도 해산을 원치 않던 축들은, 해방이 되자 이북으로 올라가 기득권을 행사하고 있었기 때문에, 그리고 그들이 올라간 때는 인민공화국 정부 수립을 위한 기초 작업이 마무리 단계였으며, 그리고 그 무렵 해서는 이미 반동이나 친일파의 숙청이 끝나가는 때여서, 뒤늦게 올라간 사람들은 남쪽에서의 명성으로 자리차지는 했지만, 그 까닭으로 해서 오히려 그들의 입지를 좁혀 놓아, 실질적으로 남쪽에서의 심사나 사상 검사랄까 과거 왜정시대와 남한 정부 수립 후의 동향 특히 보도연맹 가입 등에 대한 반성문 내지는 자술서 같은 것을 요구하는 부류들은, 당성이 강한 젊은 층으로, 남한 사회에는 생소한, 이념적으로만 무장이 잘 된, 그들이 말하는 소위 핵심 엘리트 당원들이라면, 아버지와 같은 작가들에 대한 심사 지연은 당연한 일이었는지도 모른다.

서울신문이 남한 정부의 기관지였고, 출신 성분이 외국 유학을 다녀올 만한 재력을 지닌 부르주아인데다가, 해방되고 그렇게도 많은 책들을 묶어 냈으니……. 게다가 구인회가 순수예술을 표방하고 나선 사람들이니, 그들의 작품 어디에서 이념을 찾고 의식을 찾을 수 있었겠는가. 나야 이런 소릴 해선 안 될 문외한이긴 하지만.

내가 평론가 백철 선생을 경향신문사 부사장실에서 만난 것은, 소설가 정비석 님과 마주앉아, 내게 8보(八甫)란 호가 안겨지던 60년대 중반 그 무렵이었다. 선생은 내가 구보의 아들이라는 사실을 알고는, 마치 아버지를 대하듯 그렇게 다가앉으며, "실은 내가 구보와 가깝게 지내고 싶어, 마음속으로는 늘 노력을 많이 해왔네만, 일이 여의치 않았던 것은, 내가 카프에 얽혀 글을 쓰며 살아 갈 때는, 부친은 상허와 더불어 순수문학을 부르짖으며 우리들 맞은 짝에 서서 활발한 작품 활동을 하고 있었고, 해방이 되어 내가 방향을 틀어 민족진영으로 오자, 자네 부친은 나와는 다른 좌파에 기우는 듯해서 서로 사귈 기회가 없었는데, 나로 말하면 일생을 평론으로 살아온 사람이니 이런 말을 하네만, 부친은 그간에 작품들로 미루어보아도 결코 북으로 갈 분이라곤 생각되지 않아. 내 생각으론 해방이 되고 그 편에 서게 된 것도 친구 탓이고, 난리 통에 북으로 간 것도 '동무 따라 강남 갔다'고 밖엔 달리 표현할 길이 없어. 내 연전에 사상계에도 똑같이 그렇게 썼다네" 하며 내 손을 잡고 바라보던 반백의 교수의 눈에 연민의 정이 묻어나던 것이 생각난다.

1990년 가본 평양 대동강 변에 위치한 선친의 서재. 손때 묻은 사전과 옥편은 언제까지 보시던 거였는지……. 늘 하던 대로 앞은 못 보셔도 책상 위 손 닿을 데 사전과 옥편은 옛날처럼 늘 있어야 했던 건지, 어릴 때 자리를 옮겨 원고를 쓰시려면, '문세영 사전'과 '옥편', 그리고 '강희자전'은 언제나 내가 옮겨 드렸는데……. 잉크병과 철필, 그리고 원고지는 당신이 맡으시고……. 그쪽에서 나온 '보존(保存)'이라 손수 써 놓으신 『삼국연의』며 『계명 산천은 밝아 오느냐』를 어루만지다가, 특히 암흑 속에서 한 자 한 자 한마디 한마디를 걸러내어 8부 16권을 구상하셨던 대하역사소설을, 건강이 말을 듣지 않아서라기보다는 앞이 보이질 않아서 그예 세 권으로 줄여 다시 쓰셨다고 하지만, 그 많은 원고를 구술로 써냈다면……. 진실로 구보는 글을 쓰기 위해 이승에 오셨으며, 어떠한 환경에 처한다 하더라도 창작을 떠나서는 삶의 의미를 찾을 수 없었던 외곬의 전업작가였던가보다!

뜻이 있는 곳에 길이 있다더니……. 삼국지가 폭격으로 쑥밭이 된 전후 평양에서, 종이난까지 겹친 터에 당할 말이며, 역사소설로 여생을 마감할 궁리가 어디서 나왔을까 감탄을 해 보기도 했다. 이 얘긴 빗나간 지금의 넋두리이고…….

어머니는 좌절하는 일 없이 매일 나가 도련님도 만나보고 손아래 시누도 동원을 해 보고, 시누야 학교 후배이기도 해서 조금은 만만했더랬는데, 이태 전에 단신으로 올라갔다 때때 권총 차고 내려오더니 이젠 숙명 선배 가지곤 씨도 먹히지 않는 모양이다. 하기야 나중에 들은 소리지만, 손아래도 한참 아래인 막내가, 언젠가 다옥정에 들른 오라비에게 "오빠는 우리 인민들이 고생하는데 호의호식하여 잘 지내지 않으셨수"하고 나무라는 걸 들었다고 전해 주더란다. 어머니는 매일 파김치가 되어 돌아와 이제 더는 안 나가겠다시며도 날만 밝으면 우리들이 보기에 아무 대책도 없으면서도 집에 들어 박혀 있을 수는 정히 힘이 드시는지 나가시곤 하기를 근 일주일이나 되어 갈 때 아버지는 초췌한 몰골에 웃음기도 없이 사립을 들어서셨다. 오시는 맡에 씻지도 않으시고 피로하다며 건넌방으로 들어가신 후 어머니만 몇 번 미음 상에 물 대접을 들고 드나드셨고, 우리들은 애들 소리가 하 요란해도 감히 나갈 염도 하지 않고 집에서들 조용히 보냈다. 그리고 며칠이 지났는지, 아직 장마가 그치지 않은 어느 날 아침 아버지는 맥고 모자에 분명히 각반은 아닌데 걷기 편한 차림으로 작은 가방을 메고 집을 나서셨다. 나중에야 안 일이지만, 집을 나서자 훤하던 하늘이 차차 어두워지더니 장대 같은 비가 쏟아지기 시작했는데, 아버지는 줄기차게 이틀을 퍼붓는 비로 인하여 수원까지 가서 비 긋기를 기다리다 돌아오셨다. 또 한 번 초췌한 몰골로.

3. 구보의 야맹증

내가 그 때 대뜸 생각해 낸 건 아버지의 심한 야맹증이었다. 얼마나 심하신고 하니, 밤이면, 특히 당시의 성북동 같이 띄엄띄엄 있는 전봇대에 하나 걸러도 아니고 동네 어귀에 하나 정도 있는 외등으론 있으나마나, 개울 건너 배정국 씨 집에 가 바둑이라도 두시려면 나를 지팡이로 삼지 않고는 엄두도 못 내실 정도로 성북동 골짜기에서의 밤은 구보 박태원에게 있어 암흑이었다. 이런 야맹증으로 하여 친한 벗들 사이에 는 '구보의 평지낙상(坪地落傷)'이란 것이 그리 흉이 될 게 없는 일로 알려져 있었다.

조금 자세히 들어가 보자면, 약주를 조금 과하게 드시고 보성 고개를 넘어 마전터를 지나고 보면 난간이 없는 깊지 않은 성북천이 밤이면 더욱 구불거리고 길어져, 눈이라도 온 날이면 길이고 개울이고 모두가 하야니, 눈 밝은 사람도 눈에 홀려 헛딛기 십상인데, 구보와 같이 부실한 눈에 야맹증까지 있는 사람이야 평지낙상 안 하면 이상하겠다지. 그 위에 거나하게 취해 길이 높았다 낮아졌다 하는데다 혹 눈에 취하기라도 했다면, '설영아, 일영아'만 연해 불러가며, 높진 않지만 길 위로 다시 올라오는 일이 예삿일이 아니라서, 운 좋아 동네 사람이라도 만난다면 모를까, 상상만해도 못 견디겠는데 한 번은 눈에 홀려 큰일 날 뻔도 하셨다.

그리곤 정말 며칠 후, 이번엔 한 이레나 그렇게 오래를 종군작가 행렬에 참여를 하셨는데, 아마 낙동강 전투 최전방까지 가셨던 듯, 뒤에 북에 가서 이태나 지나서야 발표를 하신 중편소설 「조국의 깃발」이 내용상으로 보아 그 때 그 행보의 기록이지 싶다. 북에서 아버지의 의붓딸로서 36년을 모셨던 정태은은, 그 내용을 "조옥희 영웅을 형상화했다"고 했다. 전후 사정으로 미루어 이 글은 구보가 월북한 후 첫 글이며, 그 이후 종군작가로서 군관복을 벗을 때까지 이렇다 할 작품 활동이 없었을 뿐 아니라, 문단이나 문학가동맹 같은 집단에 이름이야 올렸겠지만, 적(籍)이 종군작가였기 때문에 휴전 후 곧바로 전쟁의 패인을 들어 남로당 일부를 숙청할 때에도 폭풍을 피해갈 수 있었을 것이다. 뿐만 아니라 그 뒤 잊을 만하면 들쑤셨던 남에서 올라간 구인회 멤버들의 숙청 때에도 크게 부각되는 일 없이 넘어갔던 것은, 역시 휴전이 되기까지 군관복을 입고 있었기 때문이 아닌가 한다. 57년에 전향한 문화선전성 기관지의 부주필 말에도, 구보는 어디라서 두각을 나타내는 일 없이, "아직은 위대한 작가가 되기에 앞서 초년병이 되어야 할까 봅니다"라든가, "우선은 마르크스주의 철학에 눈이 어둡고, 다음은 지금의 환경이 글을 쓸 수 없게 하는군요"라고 답했다고 하는데 그에 대한 부주필의 해설―구보의 답변을 십분 이해했다는 이어지는 글―로 보아 이것이 구보가 북으로 간 후 수 삼년 간 이렇다 할 작품활동을 하는 일 없이 견딜 수 있었던 해답이 되겠다.

　물론 위에 든 단편에서 볼 수 있는 작품 속 대화라든가 서술 중 북쪽 사람들의 생각하는 방식이라든가, 이북 사투리 구사에 있어, 고개를 외로 꼬게 되는 것이 나만은 아닐 테지만, 어쨌든 그의 첫 발표작으로 알려진 「조국의 깃발」에서 대단한 변화 내지는 변이가 일어났다고(?) 할 수도 있겠기에 하는 소리다. 그러나 전화위복이랄까, 그 단편 하나로, 오랫동안 버티기는 했지만, 구성면에서나 내용면에서 그 이상을 바라기에는 남쪽에서의 해방 전후 작품 성향에 비추어보건대, 구보에게 그 이상은 우물에 가서 숭늉 찾는 격이 되는 고로 좀 더 두고 보자는 쪽으로 흘렀을 가능성도 나대로 상상해 봤다. 하지만 「조국의 깃발」을 다시 거론하고 싶은 것은, 구보의 소설에서는, 특히 대화체에서는 사투리를 쓰는 일이 없이, 언제나 서울 사투리―그러니까 서울 중류층에서 쓰는 말―만으로 대화를 이어간다는 점이다. 이러한 범례에 가까운 사실은 심지어 북에서 쓴 대하역사소설『갑오농민전쟁』에서도 같다. 무슨 말인고 하니, 알다시피『갑오농민전쟁』은 그 배경이 전라도를 중심으로 한 동학란이 주제이고, 주로 전라도 기층민이 주조를 이루는 줄거리이나, 그들이 소설 속에서 구사하는 언행은 모두 서울말이라는 사실이다. 구보의 경우, 단 한 번이라도 어느 작품의 경우에도 예외는 없었는데, 북에서의 첫 작품이라고 보는「조국의 깃발」에서는 대화체에서의 방언은 물론이고, 당시 구보가 북에서 10년이고 20년을 산 것도 아닌데 도처에 북의 사투리나 그들이 즐겨 쓰는 어투가 나와 있다는 것은, 누군가 알려지지 않은 고마운 사람이 있어 이런 작품이 나오지 않았나 생각하니 얼마나 다행스런 일인지 경의를 표하고 싶은 생각까지 든다.

어느 무덥던 팔월의 어느 날, 아버지는 정말 남루하다고 밖엔 표현할 수가 없는 꾀죄죄한 몰골로 사립문을 들어서셨다. 우리 모두는 거위가 울고 개가 짖어 알고는 있었지만, 누구도 나가서 아버지를 부축해 드릴 염도 없이 그저 마음을 졸이며 사립이 젖혀지기만을 기다려―아무도 없었지만 동네 사람 모두가 우리를 주시하고 있는 듯 생각되어―우르르 달려들어 아버지를 감싸며 누가 먼저랄 것도 없이 일제히 울음을 터뜨려 버렸다. 지금 생각해도 무슨 연유로, 또는 무엇을 생각했기에 그리도 쉽게들 울었는지 모르겠다.

그로부터 우리 집안엔 전과 다른 기운이 감돌았다. 될 수 있으면 남에게 묻는 일 없이 우리 큰 아이들은 제각각 스스로 일들을 만들어 실천에 옮기고 있었다. 그 한 예로써, 나는, 물론 선선히 얻은 대답은 아니었지만, 동네 큰 아이들을 따라 종로2가 한청빌딩이었는지 하는 데 가서 신문을 받아 가지고, 서툴게 거리를 누비며 그래도 크게, "조선인민보, 해방일보!"를 외치며 전차 길을 잽싸게 건너다녔고, 너무 신문 파는 애들은 많은 데다 사는 사람은 많지가 않아, 뉘엿 뉘엿 석양이 질 때까지 때 구정물로 앙괭이를 그리고도 집으로 돌아갈 염도 못 하고 거리를 질주했던 일은 지금도 생각하면 안타깝다.

어머니는 언제부터 일손이 달린다고 나와 일을 하라는 청을, 다섯이나 되는 애들에다 부군이 종군작가 행렬에 올라 있다는 당당한 명분으로 거절을 하고 있었는데, 이번에는 솔선해서, 우리 집에서 비스듬히 건너 있는 자두나무 집 여맹 총무를 따라 나서게 되었고, 나와 동생은 신문이 잘 팔려 일찍 들어오는 날엔 개울을 따라 내려가다 전영필 별장을 지나 보성고개 마루턱 채 못미처에 좁은 다리로 연결이 된 예쁘장하게 생긴 양옥집에 둥지를 튼 소년단에 나가서 노래도 배우고 잔손 들어가는 일들도 하고 가끔씩 별식도 받아먹으며 그렇게 여름을 보냈다.

이런 우리 가정의 변화는 한 가지 숨기고 싶은 그런 일이 있음으로 해서 계획 없이 자연스럽게 벌어진 일이라 말하고 싶다. 우리로서는 충격적인 아버지의 귀환, 무슨 말이냐 하면, 아버지의 야맹증 때문에 종군작가 생활이라는 것이 얼마나 힘들고 위험한 일인가를 우리대로 상상하고 우리가 보호해야 한다는 생각을 하고 있었기 때문에.

상상을 하여 보라. 적의 공습으로 하여 행군이란 불이 없는 밤에만 해야 한다는데, 어둠 속이라면 두미지석을 분간 못 하시는 아버지의 처신은 상상을 하기조차 싫고 무서운 것이었으며, 밤이 올 때마다 누구보다 아버지의 지팡이가 되어야 할 나로서는 아버지의 처한 상황을 상상하며 얼마나 괴로워했을까를……. 내가 아주 어른이 되고 나서 이태(李泰)

의 『남부군』을 읽고는, 소설 속 주인공과 행동을 같이하던 지독한 근시
안의 문학청년이, 지리산 토벌대의 작전에 쫓기다 산죽나무 숲에 안경
을 잃고, 낮이고 밤이고 앞을 가늠할 수가 없어, 앞으로 나가자면 두 팔
을 도리깨처럼 휘두르며 전진을 한다는 대목을 읽고 다시 읽으며, 아버
지가 똑이 그 사람이듯, 아버지가 6 · 25 동란 중에 종군작가로 남부 전
선에 두 번에 걸쳐 참전했을 때가 떠올라 아무리 뇌리에서 지우려 해
도, 이젠 마치 부친이 그랬다고 어디서 본 듯한 착각에 지금도 생각만
하면 야릇한 전율마저 느낀다. 그런 생활을 북에 가서는 휴전을 할 때
까지 계속하셨다니 생각만 해도 끔찍한 일이나, 다른 한편으로 생각하
면 그 일로 해서 모진 바람맞이에 서는 일을 피할 수 있었고, 같이 행동
한 동료 ㅇ선생과 ㅅ선생의 배려와 보증(?)으로 쉬 작가 생활에 복귀할
수도 있게 되었음은, 차라리 새옹지마의 고사를 들먹이지 않더라도 정
말 다행인 것이, 유일한(?) 승자란, 아니면 행운아란, 그렇게도 아픈 데
서 피어나는 한 송이 꽃처럼 그리도 처절한 게 아닌가 하는 생각이 들
때가 이즈막에도 종종 있다.

4. 남조선문학가동맹 평양시찰단

이러구러 더위도 한풀 꺾여 아침저녁으로 시원하진 않아도 찌지는 않
게 가을이 기웃거릴 무렵 우리는 다시 손님을 맞았다. 문원 삼촌도 한
번 다녀가셨는데, 우리는 삼촌의 일본 이불로 6월 28일 대포알을 막았
었다는 이야기도 하면서 삼촌을 반겼지만, 삼촌은 우리의 말이 무슨 소
린지 모르는 양, 아니면 아버지와 더 긴한 이야기가 있어 그랬던지, 우

리들의 이야기는 건성으로 들으며 마지못해 미소만 짓다가 저녁을 들고 가라는 어머니의 말도 듣는 둥 마는 둥 그렇게 가 버렸다. 그게 우리가 문원 삼촌을 본 마지막이었다.

어쨌거나 손님이 돌아간 후 다시 어머니와 아버지는 오랫동안 일본말을 섞어 가며 얘기를 하셨고, 우리는 두 분이 대화 중에 일본말을 하시기만 하면, 우리가 들으면 이로울 게 없거나 비밀을 요하는 것이라는 것을 알기에, 무엇인가 심상치 않은 일이 진행되고 있구나 하면서도 역시 어린 까닭에 잊으려 했다. 그러나 그로부터 며칠 지나 알게 된 일로, 그 젊은이의 방문은 아버지가 남조선문학가동맹 평양시찰단의 일원(?)으로 뽑혔다는 전갈이었다.

부친의 작품을 읽으면 어떤 경우는 어이없게도 거의 허무맹랑한 생각도 지어내는 재주를 지닌 천생 작가라 할 분도 있겠지만, 실은 부친 같이 매사에 고지식하신 분도 없어, 그와 가까이 지내는 분들, 특히나 제일고보 동창들은, 구보는 없는 말은 못하는 위인이라는 게 정평이어서, 그런 연고로 이번 평양시찰단에 뽑혔을 거란 생각이 든다. 구보가 현지의 사정을 보고 와서 이남 동료들에게 이야기를 한다면, 대부분이 의심 없이 믿으리라는 생각에서였으리라. 일찍이 우리 문단에서는, 북조선에는 예술인들에 대한 배려가 지극하여, 그들은 가족의 생계를 걱정하는 일 없이 작품에만 몰두할 수 있도록 여기저기 쾌적한 분위기의 작업실이 마련되어 있는가 하면, 명산대천 어디라서 그런데다가, 가족들의 생계는 물론 의료 교육에 제반 혜택이 식솔들에게 베풀어져, 작가들은 오직 창작에만 매진할 수 있는, 그야말로 '예술을 하는 사람들의 천국'처럼 알려지기도 했었기에, 그대로는 믿어지지 않으면서도, 사실을 알고 싶어 하는 심리는 매한가지여서, 믿을 만한 사람이 가보고 이야기를 해 준다면…… 하는, 남쪽의 예술인 중 얼마는 기대를 거는 축들도 있었을 것이라 생각해 봤다.

그러나 구보의 생각은 그렇게 단순하지만은 않았으리라는 게 나의 생각이다. 우선은 단체 행동을 해야 한다는 게 첫 번째 부담이었고, 누군가의 지시에 따라 움직여야 한다는 게 그 둘째였을 테고, 셋째는 몸도 쾌차하지 못한 상태에서 다시 먼 길을 가야 한다는 게 다시없는 부담이었으리라. 그 위에 사랑하는 가족을 두고 여러 날을 떠나야 한다는 생각이 무엇보다 끼니를 대기가 어려운 작금의 식량 사정에서 더욱 그러하였으리라 생각된다. 그러나 어쩌랴, 세상이 바뀌었으니…….

구보가 그런 일들로 머리가 지끈거릴 때 어머니는 먼 길을 떠나는 남편이 숫기가 없어 누구 하나를 사귀자면 몇날 며칠이 걸리고, 식성 또한 꽤 까다로운 데다가 위장 또한 신통치를 못해 건위고장환을 달고 사시는 분인데, 아무리 여름 날씨라지만 집 떠나면 아침저녁으로 기온에 적응하기도 그렇고, 혹 물이 바뀌어 배탈이라도 난다면 그건 생각하고 싶지 않은 부분이라, 되도록이면 노자라도 두둑이 마련해 드려야겠어서 생각 끝에 내키진 않았지만 구보의 대표작 『천변풍경』 재판 출판기념회 때 주위 친구들이 큰돈을 모아 만들어 준 은주전자를 내어 돈 마련을 했다. 번번이 아쉬울 때마다 친정에 가 손을 내밀 수도 없는 일인데다가, 무엇보다 구보는 굶는 한이 있을망정 처갓집 신세는 질색인 위인이라, 이런저런 궁리 끝에 낸 생각이다. 한데 뒤늦게 일이 벌어진 것은, 오늘 아침 문안에를 다녀오시더니, 도련님(박문원)도 동행을 하게 되었다는 소리. 처음에는 형님이라면 하늘 같이 아는 아우님이시니 그래도 한숨 돌렸다고 좋아했는데, 다시 생각해 보니, 도련님 노자도 마련해야 할 것이, 아직 도련님으로 말하면 장가 전인데다, 가진 거라고는 아무것도 없는 노총각이란 사실이, 허구헌날 쫓기고 들어갔다 나왔다, 나왔나 하면 다시 들어가 앉았고 하기를 밥 먹듯 하다가 난리가 나서 제 발로 서대문형무소에서 나온 위인이니, 미술가동맹 대표로 뽑혀 형님을 모시고 가게 되었다는 사실은 다행이지만 노자가 또한 문제라, 생각에 생각을 거듭한 끝에 친정인 이화동으로 발길을 돌렸던 것이다. 나로서는 이 일을 지난달까지도 모르고 있었는데, 이번 쓰게 될 원고 내용을 가지고 작은 누나(박소영)와 의논을 하던 중, "애, 말도 마라, 내가 첫 월급을 타 가지고 할머니, 어머니 그리고 은영이 내복을 사오지 않았겠니. 그랬더니 할머니가 조용히 다가와 한다는 말씀이, '너 돈 얼른 모아 내 금시계 사내라, 네 애비 북에 갈 때 노자가 없어 네 에미가 와서 울며 졸라, 네 할아버지가 청도에서 사 주신 금시계 팔아서 보냈다' 하셔서, 금시계 사 드리노라 몇 달을 헛글 짚으며 살았다"고 하는 소리를 들었기 때문이다.

1990년 8월 내가 이북에 가서 확인한 바는, 박태원과 박문원의 평양 시찰행은 그들도 알고 있던 사실이었음이 큰누나와 작은어머니에 의해 증명되었다. 다만, 나는 평양 '방문'이라 했고, 그들은 '시찰'이란 어휘 차이만 있었다.

작은누나 소영이 일깨워 나도 생각이 났던 또 한 가지. 아버지가 떠나시던 날 축대를 내려서시다 다시 들어오셔서, 메고 가려던 유엔군 의무병 가방에 내의와 양말, 그리고 세면도구를 챙겼었는데, '여보, 이것 좀 가려 주구료' 하며 가만히 손가락으로 가리키시던 U.N.(유엔)이란 두

글자. 흰 헝겊을 씌워 바늘로 감치시던 어머니의 자태를 내려다보고 계시던 아버지의 마음 안에 무슨 생각이 흐르고 있었을까. 갑자기 머리를 스치는 한 가지. 어머니는 몇 번이나 '아야, 아야퍼!'를 연발하며 손가락을 빠시며 아버지를 올려다봤을까, 그 모습을 아버지는 언제까지 기억하고 계셨을까 하는 생각. 어머니는 바느질에 젬병까지는 아니지만 좀 약했다. 그보다는 다소곳이 앉아 바느질을 하는 데 어울리지 않는 타입이랄까. 물론 우리 집엔 씽거재봉틀도 있었고, 반짇고리엔 별거별거 다 있었다. 그 때야 물론 경황도 없으셨겠지만…….

5. 9 · 28 수복

　9월도 중순을 훨씬 넘어 22일, 난 아버지가 떠나시던 때까지는 정세가 이상하게 돌아간다든가 유엔군이 인천상륙을 하게 된다든가 하는 데는 깜깜 절벽으로, 어찌 됐건 아버지가 떠나시고 나서 사날이 지나니 전세가 뒤바뀌는 듯 어머니의 행보도 그렇거니와 소년단뿐 아니라 거리에 사람들도 발길이 잦아지고 무엇에 쫓기는 듯한 어른들의 행보 위에, 전략상 잠시 서울을 비워야 하니 간단한 보따리를 꾸려 의정부까지 오면 북으로 가는 기차편이 제공될 것이니 채비를 하라는 전갈이 온 것이다. 어머니는 여맹 일에 우리 식구 끼니 걱정에 초죽음이 되셔 밤마다 끙끙 앓기만 하셨는데, 이제 5남매를 이끌고 어디를 간단 말인가! 이튿날 저녁, 그러니까 25일에 다시 전갈이라기보다는 명령에 가까운, 쫓기 듯 달려든 젊은이로부터 폭격으로 의정부역이 폐쇄되었으니 동두천까지 나와야 한다는 전갈이었다. 우리는 이튿날 아침 일찍들 일어나,

책가방에 책과 공책을 넣고 제 딴에 중요하다고 생각되는 것들을 들고, 막내는 큰누나가 업고, 어머니는 비단보자기에 무언가를 싸들고 보따리도 하나 드시고 성북동 골짜기를 벗어나려 집을 나섰다. 거위 밥도 개밥도 넉넉히 주고 나서…….

소풍을 가는 그런 기분은 아니었지만 미아리 고개를 넘을 때는 여기저기 구덩이를 파는 젊은이들을 보며 남부여대 보따리를 지고 묵묵히 올라가는데, 우리의 걸음은 너무도 느려 마치 그들을 구경나온 사람들인 양 그런 착각에 빠질 정도로 굼떴다. 그도 그럴 것이, 네 살배기 막내가 열여섯의 큰누이에겐 벅찼고, 힘이 든다고 내려서 걸리자니 그 속도가 오죽했겠는가. 미아리고개 마루턱에서 떡장수에게 물도 얻어 마시고 쉬기도 하다가 고개를 넘어 개울가에 닿았을 때는 이미 해가 서산에 걸렸을 때다. 준비해 간 점심도 이미 끝낸 지 오래니 다시 배는 고파 오고, 어디라서 앉고만 싶은 동생들. 사리를 아는 큰 것들이야 어디다 대고 떼를 쓸 수도 없는 형편이지만, 아직 어린 동생들은 언제 먼 걸음을 해 본 일도 없을 뿐더러, 아직도 늦더위는 기승을 부렸다.

우리가 돈암정 전차 종점까지 돌아오니 이미 날은 저물어 주위는 깜깜해진 뒤였다. 종일을 걸려 미아리고개를 넘어갔다 넘어온 다리로 어떻게 동두천까지 간단 말인가. 나는 종종 당시의 어머니의 좌절을, 어머니의 결정을, 그리고 그 후에 어머니에게 닥친 운명을 생각할 때마다 내가 그러한 경우에 처한다면 어머니처럼 할 수 있었을까 생각해 봤지만, 아직도 그에 대한 답은 찾지 못했다.

마치 도살장에 끌려가는 심정으로 어머니는 그 깊은 성북동 골짜기로 되돌아와 이불을 뒤집어쓰고 누워 버리고 말았다. 간간이 들려나오는 않는 소리뿐. 우리도 모두들 녹아 떨어졌다. 미아리고개를 넘어갔다 넘어온 그 대단한 피난길도 고된 데다 먹은 것도 시원치 않았기 때문일 게다. 모두가 낮잠도 자고 뭘 했는지 모르게 시간은 흘러가고, 밤으로 포소리는 쿵쿵 더욱 커져만 가더니, 유엔군이 인천에서 함포 사격을 한다고 난리들이고, 우리는 석 달 전 했듯이 삼촌이 가져온 무척이나 두꺼운 일본 이불을 건넌방에 펴 놓고 아버지 없이 여섯 식구가 그 속에 들엎여서 숨을 죽이고 밤을 세웠다.

포 소리는 멀어지다 잠잠해지고 아침이 밝으려는데, 어머니가 무슨 결정을 하셨는지 부랴부랴 집 떠날 채비를 하시면서, 큰누나를 재촉하여 막내를 업으라시더니, 조금 있다가는 생각을 바꾸셨는지, "애는 내가 업을 테니 넌 이 가방이나 들구 날 따라나서라"하시고는 우리들에겐 아무 지시가 없으셨다. 아직 결정이 서질 않으시는 게구나……. 나는 아무 것도 못 본 척 이불깃만 손톱으로 후벼 파고 있었다. 우리에게 어떻게 하란 말은 없으셨다. 황급히 애를 처네로 업고 큰누나는 가방 들고 뒤쫓아 나가고……. 총망중에 무슨 상상을 얼마나 하셨기에 우리 삼 남매에겐 일언반구 어찌 하란 말도 없이 당신은 먼저 이화동으로 가시겠다고……. 길은 풍문학교를 질러가는 우리 집 뒤로 난 산길을 택하겠노라고. 우리 삼 남매는 그냥 일본 이불 속에 다리를 넣은 채로 아침을 먹을 생각도, 앞으로 어떻게 하겠다는 생각도 하는 일 없이, 무언가 무슨 일이든지 일어나야 그에 대한 반응을 보일 거란 막연한 생각에 그냥 그러고 얼마를 보냈던지…….

드디어 개가 짖고 거위가 소리를 지르고, 삽작이 부숴져라 열리는 소리와 함께 어느새 군화발로 들어서 일본 이불을 장총에 꽂은 창검으로 들춰 보고, "이것들이 아직도 남아 있을 리가 없지!" 하더니, 우리는 아주 없는 걸로 치부를 하는지 아무 말도 묻는 일 없이 이불장을 열어 제치고 이불을 한 번 푹 찌르고는, "가자!" 하고는 성큼 나가 밖에 서 있던 한 청년과 셋이서 급히 돌층계를 뛰어 내려가는 소리가 거위와 개 짖는 소리에 섞여 들려왔다. 우리는 누가 먼저랄 것도 없이 엊그제 윗목에 밀어 놓았던 책가방을 메고 두리번거리다 어머니가 미아리로 피난 갈 때 드셨던 남빛 비단 보자기에 쌌던 걸 들고 사립을 꼭 지치지도 않고 성북동 골짜기를 빠져나왔다.

단기 4283년 9월 28일 오정 때. 내가 다시 성북동 골짜기를 찾은 건 2008년 구보의 『삼국지』 출판기념회가 열린 뒤였다.

한동안 내가 아버지를 궁금해 할 겨를이 없었던 것이, 산길에서 국방군에게 잡혀 경찰서로 연행되었다는 어머니의 소식을 접하고, 예의 그 예리한 칼날을 꽂은 장총이 이불장을 쑤시던 장면이 떠올라 어머니만을 걱정했기 때문이다. 무엇보다 어머니를 잃어버린 것이 변변치 못한 저것들 탓일지 모른다고 생각하실 외할머니, 외할아버지를 느낄 때마다 나는 그 분들을 감히 똑바로 쳐다볼 수가 없었다. 그러면서, 대체 우린 어떻게 살아가야 한단 말인가, 그러며 막연해했다.

가뜩이나 쌍꺼풀이 진 눈이 하가마가 되어, 고개가 위태스럽게 꺾여 잠이 든 은영이(아마 허기가 져서)를 업은 채 들어온 큰누나는 쓰러질 듯 기둥을 두 손으로 잡더니 이마를 대고 흐느끼며 사연을 늘어놓았다. 이른 새벽 산허리를 돌던 세 식구는 한 떼의 총검을 장착한 군인들에게 얼마를 끌려가다가 마침 지나가는 경찰에 인계가 돼 경찰서로 연행이

됐는데, 무릎 꿇고 고개를 수그리고 앉아있는 사람들 중에 다행히도 아는 사람이 없어, 어머니가 애 아픈 것만 자꾸 뇌니, 그냥 놓아 줄 의향으로 다른 방으로 보내려는데 한 여자가 느닷없이 "날로 밑에서 시키는 대로만 했다켔는데 잡아놓고, 위원장 동문 와카노?" 하는 소리에 놀라 그쪽을 보니, 여맹에서 일보던 딱정떼 마누라였다고. 어머니는 남고 애들만 내보내서 오는 길이라고.

거기까지 하더니 갑자기 머리를 기둥에 찧어 가며 맹렬히 울기 시작하는데, 우리는 하도 놀라 어안이 벙벙히 섰다가, 종내는 할머니까지 모두가 울어 버리고 말았다. 어머니는 나중에야, 아주 몇 년 후에야 알았지만, 경황이 없는 중에 졸속 재판으로 종신형을 받고 그 난리 중에도 대전을 거쳐 안동까지 끌려가 5년 7개월 복역하다, 그래도 아버지 친구들의 주선으로 두 번에 걸친 재심 끝에 감형이 되어 집행유예로 어깨 죽지에 벽돌짝만한 푸른 멍을 지고 나오셨다. 그로부터 5년이 지나고 10년이 지나도 천형 같은 푸른 점은 작아질 줄 모르고, 아픈 기억처럼 그렇게 멍에로 남았다.

아버지는 털털대는 트럭 짐칸이나마 차례가 갔다면 그날로 평양에 닿았으리라……

한편, 그 높은 간만의 차를 이용해 상상도 못할 세계 전사에 남을 인천상륙작전에 성공한 유엔군은 파죽지세로 밀어붙여 10월 초에는 평양을 점령하고 계속 북진하여, 서부 전선은 이미 압록강을 코앞에 두게 되었는데, 아버지는 올라가시자 전세가 불리해져 곧 종군작가단에 편성되어 낭림산맥 줄기를 따라 후퇴하다가 혜산진까지 밀려 간 모양이다. 정부 기관의 일부는 강 건너에 주둔하고, 추위와 중공군의 참전으로 잠시 전투는 소강상태에 들어가는 듯했으나, 대대적인 중공군의 남하로 인해 일부의 인민군들은 함께 서울로 진입을 했고, 남쪽에서 올라간 사람들 대부분은 전세를 관망하며 그곳에 남아 있게 했나 보다. 하기야 눈 덮인 종로 네거리에 서서 두고 간 딸을 찾던 임화의 시구를 생각하면 내려왔던 문인도 더러는 있었던 모양이지만. 어찌 되었든 우리는 1·4 후퇴로 큰집을 따라 피난을 갔고, 큰누나는 외갓집에 남아 있다가, 북에서 중공군을 따라 내려왔던 고모가 데리고 북으로 갔다. 큰누나는 두어 달을 고모가 배속돼 있는 부대의 전령으로 뛰어다니며 북으로 쫓기다가 1951년 2월 중순께에야 혜산진에서 아버지를 만날 수 있었다는 소리를 이후 40년이 지나 평양 광복거리 큰누나의 아파트에서 들을 수 있었다.

　구보는 휴전이 되기까지 소좌 견장의 군관복을 입고 종군작가로서 개성과 금강산을 잇는 전선에서 한 치의 땅을 더 차지하려는 남북의 치열한 공방전이 이태를 끌 동안 전선을 누비다가, 전사자들의 시체더미 속에서 막판에 의용군으로 참전한 장 조카(큰댁에 사촌형)도 찾아내 구사일생으로 살려냈는가 하면, 이런저런 실화로 들리지 않을 에피소드도 만들어내 가며 근 3년을 보냈다고 들었다.

　그 길다면 긴 세월을 그 부실한 눈과 몸으로 용케 잘 견뎌 내어, 상한 데 없이 군복을 벗게 된 구보. 스스로도 얼마나 대견해했을 거며, 무엇보다 그를 지켜준 벗들 ㅇ씨와 ㅅ씨에게 얼마나 고마워했을까. 내가 생각하기에 ㅇ씨는 1929년 발표한 두어 작품에 대해 젊은 구보에게 모욕에 가까운 평을 듣고는 다신 소설에는 손을 대지 않은 극작가였고, 나이도 훨씬 위였는데, 그 후에도 들은 바로는 여러 모로 부친을 감싸준 은인이다. ㅅ씨 또한 일찍이 정계에 진출했었고(하긴 ㅇ씨도 후에 두 번이나 최고인민회의 대의원까지 지낸 분이니), 그래서 종군작가 시절에 체수에 어울리지 않는 중좌 계급장을 달고 수모도 받곤 했다지만 어찌 되었건 구보의 울타리 노릇을 해 준 셈이라면, 그 모진 풍파(세 번에 걸친 대대적인 남한 문인들에 대한 숙청사업)에도 큰 제재를 받는 일 없이 구보가 작품활동을 해 나갈 수 있었던 일이 우연만은 아닌 것 같다.

박태원 생애연보[*]

1909년 12월 27일(음력) | 서울 수중박골(경성부 다옥정 7번지, 지금의 수송동)에
서 부 밀양 박씨(密陽 朴氏) 용환(容桓)과 모 남양 홍씨(南陽 洪氏) 사이의
4남 2녀 중 차남으로 출생하다. 초명으로 등 한쪽에 커다란 점이 있다 하
여 점성(点星)이라 부르다. 바로 밑 동생인 3남은 후에 미술가로 활동한
박문원(朴文遠)이다.

1913년 11월 21일 | 조모 장수 황씨(長水 黃氏)가 사망하다.

1916년 | 큰할아버지 박규병(朴圭秉)으로부터 천자문과 통감 등 한문을 배우기 시
작하다. 어려서부터 말을 잘하던 점성은 할아버지께 들은 이야기들을 약
방에서 일하는 어른들에게 곧잘 옮겨 칭찬을 받다.

1918년 8월 14일 | 태원(泰遠)으로 개명하다. 『춘향전』 『심청전』 『소대성전』 등 고
전소설을 섭렵하기 시작하다. 4년제 경성사범부속보통학교에 입학하다.

1922년 | 경성사범부속보통학교를 졸업하고 입학시험을 치러 4월 22일에 경성제

---

* 이하의 〈박태원 연보〉와 〈박태원 작품연보〉는 기왕에 출간된 여러 연보를 참
조하되, 박태원 선생의 장남인 박일영 선생이 작성한 연보를 기준으로 작성한
것이다.

일고등보통학교에 입학하다.

1923년 4월 15일 | 『동명』 '소년칼럼'에 작문 「달마지」가 당선되다. 학교에서 문학 동아리를 만들어 창작 활동에 몰두하다.

1926년 | 한성의학교 출신 양의사인 숙부 박용남(朴容南)이 소개로 중국문학의 개척자인 백화(白華) 양건식(梁健植)에게 한학과 중국문학을 배우다. 훗날 박태원이 중국문학 번역에 몰두하게 된 바탕이 되다. 이화학교 교사였던 고모 박용일(朴容日)의 주선으로 춘원 이광수에게도 지도를 받다. 이해 3월, 『조선문단』에 시 「누님」이 당선됨으로써 문단에 나오다. 필명으로 '박태원(泊太苑)'을 사용하다. 〈동아일보〉 『신생』 등에 시, 평론 등을 발표하다. 고리키, 투르게네프, 톨스토이, 셰익스피어, 위고, 모파상, 하이네 등의 서양문학에 심취하기 시작하다.

1927년 | 문학에 대한 열정과 불규칙한 생활에서 온 신경쇠약과 소화불량으로 경성제일고보를 휴학하고 문학 활동에만 전념하다. 『조선문단』에 수필을, 『현대평론』에 시를 발표하다.

1928년 3월 15일 | 아버지가 숙환으로 사망하자 경성약학전문학교 졸업반인 큰형 진원이 가업인 공애당약방을 물려받다. 제일고보에 복학하여 학업에 열중하다. 소설 「최후의 모습」을 탈고하다.

1929년 3월 17일 | 제일고보를 25회로 졸업하다. 동기인 조용만, 정인택 등과 어울리다. '박태원(泊太苑)'이란 필명으로 소설, 시, 평론, 번역 등을 여러 편 발표하다. 『신생』에 시 「외로움」을, 소설 「무명지」, 「최후의 모욕」, 「해하의 일야」 등을 〈동아일보〉에 발표하다.

1930년 | 일본 유학을 떠나 도쿄 호세이대학(法政大學) 예과에 입학하다. 「적멸」을 『동아일보』에 연재하면서 삽화를 자신이 직접 그리다. 연이어 「꿈」을 『동아일보』에 발표하다. 『신생』 10월호에 단편 「수염」을 발표하면서 '몽보(夢甫)'라는 필명으로 문단 활동에 본격적으로 나서다.

1931년 | 도쿄 호세이대학 예과 2학년을 다니다 중퇴하고 귀국하다. 비록 길지 않

은 2년간의 도쿄 유학기간이었지만 영화, 미술, 음악 등 서양문화예술 전반에 대해 이해하고, 특히 모더니즘 사조와 신심리주의 문학에 심취하는 기간이었다.

1933년 | 조용만의 추천으로 이상, 이태준, 정지용, 김기림, 조용만, 이효석 등과 함께 구인회(九人會)에 가입하다. 단편 「옆집 색시」를 『신가정』에, 「사흘 굶은 봄달」을 『신동아』에, 「피로─어느 반일의 기록」을 『여명』에 발표하다. 「반년간」을 〈동아일보〉에 발표하면서 청전(靑田)이 그리던 삽화를 14회부터 자신이 직접 그리기 시작하다.

1934년 10월 27일 | 한약국 '천일약방'의 제약주임인 경주 김씨(慶州 金氏) 중하(重夏)의 무남독녀 김정애(金貞愛)와 전통혼례를 올리다. 김정애는 숙명여고를 수석으로 졸업하고 경성사범학교 견습과를 졸업한 후 교원으로 재직 중이었다. 대표작 「소설가 구보씨의 일일」을 〈조선중앙일보〉에 연재하다. 이상(李霜)이 삽화를 그리다. 「딱한 사람들」, 「애욕」 등의 소설과 「창작여록─표현, 묘사, 기교」 등의 평론을 발표하다. 구인회 주최 문학공개강좌에서 「언어와 문장」이라는 연제로 강연하다.

1935년 | 종로6가로 분가하다. 구인회 주최의 '조선신문예강좌'에 「소설과 기교」, 「소설의 감상」이라는 연제로 강연하다. 〈조선중앙일보〉에 장편소설 『청춘송』을 연재하다. 소설 「길은 어둡고」(『개벽』), 「거리」(『신인문학』), 「비량」(『중앙』) 등을 연이어 발표하다. 시 「병원」을 『가톨릭청년』에 발표하다.

1936년 1월 16일 | 동대문 부인병원에서 맏딸 설영(雪英)이 태어나다. 『천변풍경』을 월간 『조광』에 연재하다. 「방란장주인」, 「진통」, 「보고」 등 여러 편의 소설을 발표하다.

1937년 | 『조광』 1월호부터 「속 천변풍경」을 9회에 걸쳐 연재하다. 관동(舘洞, 지금의 교북동) 12─4번지로 이사하다. 7월 30일 둘째딸 소영(小英)이 태어나다. 「여관주인과 여배우」(『백광』), 「성탄제」(『여성』) 등을 발표하다.

1938년 | 첫 단편소설집 『소설가 구보씨의 일일』을 문장사에서, 역시 첫 장편소설

『천변풍경』을 박문서관에서 출간하다. 「염천」을 『요양촌』에 발표하다. 장편 『명랑한 전망』을 『매일신보』에, 「우맹」을 〈조선일보〉에 연재하다.

1939년 | 예지동 121번지로 이사하다. 9월 27일에 맏아들 일영(一英)이 출생하다. 제2단편집 『박태원단편집』을 출간하다. 「이상의 비련」을 『여성』에, 「윤초시의 상경」을 『가정지우(家庭之友)』에, 「골목안」을 『문장』에 발표하다. 중국소설 번역에 몰두하여 번역소설집 『지나소설집』을 입문사에서 출간하다.

1940년 6월 | 돈암동 487−22번지에 대지를 마련 직접 설계하여 집을 지어 이사하다. 장편 『애경』을 『문장』지에 연재하다. 소설 「최노인전 초록」, 「거리」, 「길은 어둡고」 등이 일본에 소개되다.

1941년 | 장편 『여인성장』을 〈매일신보〉에 연재하다. 『신역 삼국지』를 『신시대』 4월호부터 연재하기 시작하여 1943년 1월까지 연재를 이어나가다. 「투도」(『조광』), 「채가」(『문장』) 등을 발표하다.

1942년 1월 15일 | 둘째아들 재영(再英)이 출생하다. 장편 『여인성장』 『군국의 어머니』 『아름다운 봄』 등을 연이어 출간하다. 절찬리에 연재되던 『삼국지』에 힘입어 『조광』지에 역시 중국 4대기서의 하나인 『수호전』을 8월호부터 연재하기 시작하여 1944년 12월호에 마치다.

1943년 | 『신시대』에 연재하던 『신역 삼국지』 "제갈량 편"이 박문서관에서 출간되다. 중국 4대기서의 하나인 『서유기』를 『신시대』 6월호부터 연재를 시작해 1945년 1월까지 20회 연재하다 중단하다. 방송소설 「꼬마 반장」, 「어서크자」가 『방송소설명작선』에 수록되다.

1945년 | 『신역 삼국지』 "적벽대전 편"이 박문서관에서 출간되다. 〈매일신보〉에 장편 『원구』를 연재하다가 8월 14일, 76회로 중단하다. 8월 15일 해방 직후 조선문학건설본부 소설부 중앙위원회 위원으로 참여하다. 10월부터 『조선주보』에 장편 『약탈자』를 연재하다.

1946년 | 조선문학가동맹 집행위원으로 피선되다. 〈어린이신문〉에 「어린이일기」를 게재하다. 김성태 작곡의 「학병의 노래」, 「독립행진곡」을 작사하다. 방

송소설 「설낭(薛娘)」이 김양춘(金陽春)의 낭독으로 전파를 타다. 소설 「고부민란」을 『협동』 3월호에 싣다. 『주간소학생』에 「이순신장군」을 연재하다. 『조선순국열사전』(유문각), 『중국동화집』(정음사)을 출간하다. 중학생을 위한 조선말 부교재인 『중등문범(中等文範)』을 출간하다.

1947년 7월 24일 | 셋째 딸 은영(恩英)이 태어나다. 중편 「어두운 시절」을 『신세대』에 발표하다. 독립투사 김원봉의 독립투쟁사를 다룬 『약산과 의열단』(백양당)을 9월에 출간하다.

1948년 4월 무렵 | 성북동 39번지로 이사하다. 『수호전』(전3권)이 정음사에서, 『이충무공행록』, 단편집 『성탄제』가 을유문화사에서 출간되다. 『금은탑』이 한성도서에서, 『중국소설전』1·2가 정음사에서 출간되다. 『충무공 이순신 장군』이 김기창 화백의 장정과 삽화를 곁들여 아협에서 발행되다.

1949년 | 〈서울신문〉에 장편 『임진왜란』을 1월 4일부터 12월 14일까지 연재하다. 〈조선일보〉에 대하소설 『갑오농민전쟁』의 모태가 된 『군상(群像)』을 6월 15일부터 익년 2월 2일까지 연재하다가 중단하다. 『중국동화집』이 정음사에서 발간되다. 좌익계 인사들을 전향시켜 별도로 관리하려는 목적으로 구성된 국민보도연맹에 가입케 되고 전향 성명서를 발표하다.

1950년 | 『완역 삼국지』1·2가 정음사에서 발간되다. 한국전쟁이 발발하여 낙동강전선까지 종군 작가로 투입되었다가 귀경하였고, 9월 조선문학가동맹 평양 시찰단의 일원으로 북으로 갔다가 북에 머물게 되다. 이후 한국전쟁 중 군관복을 입고 3년간 종군작가로 활동하다.

1951년 | 일본에서 서양화를 전공하고 해방 직후 최고의 미술운동 이론가로 활동했던 남동생 박문원, 숙명여고 졸업 후 좌익에 참여했던 여동생 박경원, 맏딸 설영도 월북하여 평양에서 재회하다.

1952년 | 중편 「조국의 깃발」을 『문학예술』 4~6월호에 발표하다. 6월 3일부터 14일까지 소설 「리순신장군」을 〈로동신문〉에 연재하다.

1953년 | 평양 문학대학 교수로 재직하면서 국립고전극장 전속작가로 활동하다.

1955년 │ 조운, 김아부와 함께 『조선창극집』(국립출판사)을 엮어 출간하다(박태

원은 「흥보전」을 수록). 야담집 『정수동 일화집』(국립출판사)을 출간하다.

남로당 계열로 몰려 6개월간 집필금지를 당하다. 중국에서 발간된 최신판

『삼국연의』를 저본으로 『삼국지』 완역에 착수하다.

1956년 │ 정인택의 미망인 권영희와 재혼하다. 『갑오농민전쟁』을 16부작으로 구

상하고 농민전쟁에 관련된 자료들을 수집, 정리하기 시작하다. 극본 『리

순신장군전』이 무대에 오르고 국립출판사에서 출판되다.

1958년 │ 박태원 현대어판 『심청전』이 국립문학예술서적출판사에서 출간되다.

1959년 │ 『리순신장군이야기』(국립출판사)를 출간하다. 『삼국연의』 제1권이 국립

출판사에서 출간되다.

1960년 │ 「싸워라! 내 사랑하는 아들딸들아」를 〈문학신문〉 11월 29일자에 발표하

다. 『삼국연의』 제2권, 『임진조국전쟁』(문학예술서적출판사), 『남조선 농

민들의 비참한 생활 형편』(조선노동당출판사) 등을 출간하다.

1961년 │ 「로동당 시대의 작가로서」(〈문학신문〉, 5. 1.)를 통해 『갑오농민전쟁』의

구체적인 구상을 소개하고 본격적인 역사소설을 쓰겠다는 의지를 밝히

다. 「옛친구에게 주는 글」(〈문학신문〉, 5. 26.)을 통해 남한 정치를 비판

하다. 『삼국연의』 제3권을 출간하다.

1962년 │ 『문학신문』에 「을지문덕」(5. 20.) 「김유신」(5. 29~6. 11.) 「김생」(6. 8.), 「연

개소문」(6. 15.), 「박제상」(6. 19.) , 「구진천」(7. 6.) 등을 발표하다. 남쪽의

벗, 작가 '정형'에게 보내는 편지형식의 글인 「지조를 굽히지 말라」를 『문

학신문』(12. 28.)에 발표하다. 11월, 『삼국연의』 4권이 출간되다.

1963년 │ 『갑오농민전쟁』의 전편에 해당하며 함평, 익산민란 등을 다룬 대하역사

소설 『계명산천은 밝아오느냐』를 집필하다. 『삼국연의』 제4권과 제5권이

발간되다.

1964년 │ 「삼천만의 념원」(북남서신왕래)을 〈문학신문〉(12. 24.)에 발표하다. 1월

『삼국연의』 제5권, 8월에 『삼국연의』 제6권이 출간되어 4반세기에 걸친

『삼국지』 번역을 완료하다.

1965년 3월 | 장편소설『계명산천은 밝아오느냐』 1부 1권을 문예출판사에서 출간하다. 망막염으로 실명하다.

1966년 3월 | 장편소설『계명산천은 밝아오느냐』 1부 2권을 출간하다.

1968년 | 자신의 능력과 육체적 조건을 고려하여 애초 16권의 대작으로 구성했던 『갑오농민전쟁』을 3권의 장편으로 수정하여 집필에 들어가다. 1부가 거의 끝나갈 무렵 뇌출혈로 쓰러져 반신불수가 되다.

1972년 | 뇌출혈로 반신불수가 된 후 원고지 모양의 특수틀을 이용하여 원고를 쓰다가 부인 권영희에게 구술하는 것을 받아쓰게 하여『갑오농민전쟁』 집필을 이어가다.

1976년 | 2차 뇌출혈로 진신불수와 언어장애의 고통을 겪다.

1977년 | 장편소설『갑오농민전쟁』 제1부를 문예출판사에서 출간하다.

1978년 | 김일성 주석으로부터 국가훈장 1급을 수여받다.

1979년 | 당으로부터 70회 생일상을 하사받다.

1980년 4월 15일 | 장편소설『갑오농민전쟁』 제2부(문예출판사)를 출간하다. 10월, 잡지『청년문학』에 수기「당의 따사로운 손길」을 발표하다.『약산과 의열단』이 일본에서 김용권의 번역으로 출간되다.

1981년 7월 | 잡지『조선문학』에 수기「나의 작가 수첩에서」를 발표하다. 이후 구술 능력을 완전히 상실하다.

1986년 7월 10일(음력 6월 4일) | 저녁 9시 30분 평양시 중구역 대동문동 25반에서 사망하다. 12월 20일, 장편소설『갑오농민전쟁』 제3부가 박태원, 권영희 공저로 문예출판사에서 출간되다.

1988년 | 장편『갑오농민전쟁』 1부가 중국어판으로 발간되다.

1999년 9월 3일 | 최고인민회의 상임위원회에서 애국렬사로 승인하여 평양 신미리 렬사능으로 이장하다.

2006년 | 장편소설집『천변풍경』이 일본 작품사에서,『소설가 구보씨의 일일』이

평범사에서 번역, 출간되다.

2008년 | 소설집『소설가 구보씨의 일일』이 폴란드에서 번역, 출간되다.

2009년 5월 | 김내성, 김환태, 모윤숙, 박태원, 신석초, 안회남, 이원조, 현덕 등을 대상으로 한 '2009년 탄생 100주년 문학인 기념문학제 — 전환기, 근대문학의 모험'이 대산문화재단과 한국작가회의 공동주최로 개최되다. 7월 3~4일 이화여대에서 '박태원과 세계문학, 세계문학 속의 박태원'을 주제로 한 국제학술회의가 구보학회와 대산문화재단 공동주최로 개최되다. 10월 청계천과 부남미술관에서 '구보, 다시 청계천을 걷다 — 구보 박태원 탄생 100주년 기념 문학그림전'이 대산문화재단과 교보문고, 서울문화재단 공동주최로 열리다.

박태원 작품연보

발표일	장르	작품명	발표지
1923. 4. 15.	수필	달맞이(迎月)	동명 2권 16호
1925. 9. 7.	시	할미꽃	조선일보
1926. 3.	시	누님	조선문단 3권 1호
1926. 8. 21, 24.(2회)	평론	묵상록을 읽고	동아일보
1926. 11. 24~27.(4회)	수필	백일만필－시 소품묵상	조선일보
1926. 12.	시	떠나기 전	신민 2권 12호
1927. 1.	수필	시문잡감	조선문단 4권 1호
1927. 3.	수필	병상잡설	조선문단 4권 3호
1927. 5.	시	아들의 불으는 노래	현대평론 1권 4호
1927. 5.	시	힘－싀골에서	현대평론 1권 4호
1929. 6. 12~19.(7회)	평론	초하 창작평	동아일보
1929. 11. 10.	소설	무명지	동아일보
1929. 11. 12.	소설	최후의 모욕	동아일보
1929. 12.	시	외로움	신생 2권 12호
1929. 12. 17~24.(8회)	소설	해하(垓下)의 일야	동아일보
1930. 1. 17.	시	창	동아일보
1930. 1. 19.	시	수수꺽기	동아일보
1930. 1. 22.	시	실제(失題)	동아일보
1930. 1. 23.	시	한길	동아일보
1930. 1. 24.	시	동모에게 1	동아일보
1930. 1. 26.	시	동모에게 2	동아일보

1930. 1. 28.	시	휘파람	동아일보
1930. 2.	번역	한시역초	신생 3권 2호
1930. 2. 2.	시	소곡(小曲)	동아일보
1930. 2. 5~3.1.(23회)	소설	적멸	동아일보
1930. 3. 18, 25.	수필	화요만필 – 기호품일람표	동아일보
1930. 6.	수필	초하풍경	신생 3권 6호
1930. 9.	번역	일리야드(호오머)	신생 3권 9호
1930. 9. 26.	수필	편신(片信)	동아일보
1930. 10.	소설	수염	신생 3권 10호
1930. 11.	번역	세 가지 문제(톨스토이)	신생 3권 11호
1930. 11. 5~12.(7회)	소설	꿈	동아일보
1930. 12.	소설	행인	신생 3권 12호
1930. 12. 6~24.(18회)	번역	바보 이봔(톨스토이)	동아일보
1931. 2.	소설	회개한 죄인	신생 4권 2호
1931. 2.	시	이국억형(異國億兄), 가을 바람, 가을마음	신생 4권 2호
1931. 4. 20.	평론	아파데이에프의 소설 『회멸』	동아일보
1931. 4. 27.	평론	리베딘스키의 소설 『일주일』	동아일보
1931. 5. 6~10.(5회)	번역	하르코프에 열린 혁명작가회의	동아일보
1931. 6.	수필	나팔	신생 4권 6호
1931. 7.	수필	영일만담(永日漫談)	신생 4권 7 · 8호
1931. 7. 6.	평론	끄라토코프의 소설 『세멘트』	동아일보
1931. 7. 19~31.(7회)	번역	도살자(헤밍웨이)	동아일보
1931. 8. 1~6.(4회)	번역	봄의 파종(리엄 오프리티)	동아일보
1931. 8. 7~15.(6회)	번역	쪼세핀(리엄 오프리티)	동아일보
1931. 11.25~12.10.(5회)	번역	차 한 잔(캐터린 맨스필드)	동아일보
1933. 2.	소설	옆집 색시	신가정 1권 2호
1933. 2. 28.	평론	편자의 고심과 간자(刊者)의 의기 – 김소운편 조선민요집	동아일보
1933. 3. 26~31.(6회)	평론	3월 창작평	조선중앙일보
1933. 4.	소설	사흘 굶은 봄ㅅ달	신동아 3권 4호
1933. 4.	수필	어느 문학소녀에게	신가정 1권 4호
1933. 4. 7~5. 9.(24회)	동화	방랑아 쭈리앙	매일신보
1933. 6.	시	녹음	신동아 3권 6호

날짜	갈래	제목	발표지
1933. 6. 6.	수필	아연(俄然)-문단주시의 원천 현상소설모집의 반향	조선일보
1933. 6. 15~8. 20.(57회, 미완)	소설	반년간	동아일보
1933. 7.	소설	피로-어느 반일(半日)의 기록	여명 1권 8호
1933. 8.	소설	누이	신가정 1권 8호
1933. 9. 20.	평론	소설을 위하여-문예시평 1	매일신보
1933. 9. 21.	평론	평론가에게-문예시평 2	매일신보
1933. 9. 22~23, 26~10. 1.(8회)	평론	9월 창작평	매일신보
1933. 10.	소설	오월의 훈풍	조선문학
1933. 11. 1~11.(10회)	동화	영수증	매일신보
1933. 12. 8~29.(22회)	소설	낙조	매일신보
1934. 2.	수필	꿈 못 꾼 이야기	신동아 4권 2호
1934. 2.	소설	미남 정군의 방비(放屁)	월간매신 1호
1934. 3. 26~31.	평론	3월 창작평	조선중앙일보
1934. 5.	수필	5월 여인의 코	여성
1934. 6.	소설	식객 오참봉	월간매신
1934. 6.	수필	6월의 우울	중앙 2권 6호
1934. 6. 24.	평론	흉금을 열어 선배에게 일탄을 날림-김동인씨에게	조선중앙일보
1934. 7. 9.	수필	괴담 등산가 필독	조선중앙일보
1934. 7. 26~27.(2회)	평론	이태준 단편집 『달밤』을 읽고	조선일보
1934. 8.	수필	시원한 공상-조선문학건설회	중앙 2권 8호
1934. 8. 1~9. 19.(30회)	소설	소설가 구보씨의 일일	조선중앙일보
1934. 9	소설	딱한 사람들	중앙 2권 9호
1934. 10. 6~23.(14회)	소설	애욕	조선일보
1934. 12.	평론	1934년의 결산서-주로 창작에서 본 1934년 조선문단	중앙 2권 12호
1934. 12. 17~31.(10회)	평론	창작여록-표현·묘사·기교	조선중앙일보
1935. 1. 2.	평론	사회여 문단에도 일고(一顧)를 보내라	조선중앙일보
1935. 1.	설문	1935년두 문답록	중앙
1935. 1.	소설	구흔(舊痕)	학등 4권 1호
1935. 1. 18~19.	수필	궁항매문기(窮巷賣文記)	조선일보
1935. 1. 28~2. 13.	평론	신춘작품을 중심으로 작품개관	조선중앙일보

시기	갈래	제목	발표지
1935. 2.	시	병원	가톨릭청년 3권 2호
1935. 2~4.(3회)	소설	특진생(特診生)	소년중앙 2~4호
1935. 2. 22~23.	소설	제비	조선중앙일보
1935. 2. 27~5. 18.(78회, 미완)	소설	청춘송	조선중앙일보
1935. 3.	소설	길은 어둡고	개벽
1935. 9.	동화	솟꼽노리	신동아 1권 1호
1935. 9.	번역	포올가의 소년단	신아동 1권 1호
1935. 10. 27, 11. 3.	동화	솟곱	매일신보
1935. 10. 30~11. 1.(3회)	수필	화단의 가을	매일신보
1935. 12.	소설	전말	조광 1권 12호
1936. 1.	소설	거리	신인문학 11호
1936. 1.	수필	옆집 중학생	중앙 4권 1호
1936. 2.	수필	내 자란 서울서 문학도를 닦다가	조광 2권 2호
1936. 2. 25~ 3. 19.(18회)	소설	철책(鐵柵)	매일신보
1936. 3.	소설	비량(悲凉)	중앙 4권 3호
1936. 3.	소설	방란장주인 – 성군 중의 하나	시와소설 1호
1932. 3.	수필	R씨와 도야지	시와소설 1호
1936. 3~4.	소설	악마	조광 2권 3~4호
1936. 4.	수필	문학소년의 일기 –구보가 아즉 박태원일 때	중앙 4권 4호
1936. 4. 22.	수필	이상애사(李箱哀詞)	조선일보
1936. 5.	소설	진통	여성 1권 2호
1936. 5. 28.	수필	두꺼비집	조선일보
1936. 5. 29.	수필	고등어	조선일보
1936. 5. 30.	수필	죄수와 상여	조선일보
1936. 5. 31.	수필	모화관 이용두성	조선일보
1936. 6. 2.	수필	불운한 할멈	조선일보
1936. 6. 25~30.(5회)	소설	최후의 억만장자	조선일보
1936. 7. 19.	수필	나의 생활보고서 – 소설가 구보씨의 일일	조선문단 4권 4호
1936. 7. 28~8. 4.(6회)	수필	영일만어(迎日漫語)	매일신보
1936. 8~10.	소설	천변풍경	조광 2권 8~10호
1936. 9.	소설	보고	여성
1936. 9.	수필	추풍수상 – 계절의 청유	중앙 4권 9호

구보 박태원의 시와 시론

1936. 11.	소설	향수	여성 1권 7호
1937. 1~9.	소설	속 천변풍경	조광 3권 1~9호
1937. 4.	수필	네 자신을 먼저 알라 － 감리교 총리사 양주삼씨	조광 3권 4호
1937. 4.	수필	문인 멘탈테스트	백광 3 · 4호
1937. 5.	수필	유정과 나	조광 3권 5호
1937. 5.	수필	고 유정 군과 엽서	백광 5호
1937. 5.	수필	우산	백광 5호
1937. 5. 28~6. 2.(5회)	수필	모화관 잡필	조선일보
1937. 6.	소설	여관주인과 여배우	백광 6호
1937. 6.	수필	이상의 편모	조광 3권 6호
1937. 6. 25~30.(5회)	소설	최후의 억만장자	조선일보
1937. 8.	수필	바닷가의 노래	여성 2권 8호
1937. 10.	수필	순정을 짓밟은 춘자	조광 3권 10호
1937. 10. 14.	수필	난숙한 육체와 19세의 정조	조선일보
1937. 10. 21~23.(3회)	평론	내 예술에 대한 항변 －작품과 비평가의 책임	조선일보
1937. 11.	소설	성군(星群)	조광 3권 11호
1937. 11.	소설	수풍금	여성 2권 11호
1937. 12.	소설	성탄제	여성 2권 12호
1937. 12.	수필	여자의 결점－허영심 많은 것	조광 3권 12호
1937. 12. 3~7.(4회)	수필	에고이스트(愛己而修道)	조선일보
1937. 12. 9.	평론	춘원선생의 근서(近書) 『애욕의 피안』	조선일보
1938. 1.	번역	지나동화－요술꾼과 복숭아	소년
1938. 1.	번역	오양피(伍羊皮)	야담 4권 1호
1938. 1.	수필	작가 단편 자서전	삼천리문학 1호
1938. 1. 19~21, 25~26.(5회)	수필	옹로만어(擁爐漫語)	조선일보
1938. 2.	수필	성문(聲聞)의 매혹	조광 4권 2호
1938. 2.	번역	손무자병법외전	야담 4권 2호
1938. 2.	번역	지나단편－매유랑(賣油郞)	조광 4권 2호
1938. 2. 8.	평론	우리는 한갓 부끄럽다 －당선작 「남생이」독후감	조선일보
1938. 2. 15~22.(6회)	수필	해서기유(海西記遊)	조선일보
1938. 3.	번역	두십랑(杜十郞)	야담 4권 3호

1938. 3.	장편	『천변풍경』(초판)	박문서관
1938. 4. 7~1939. 2. 14.(219회)	소설	우맹(愚氓)	조선일보
1938. 6~11.	소설	소년 탐정단	소년
1938. 7.	번역	황감자(黃柑子)	야담 4권 7호
1938. 8.	번역	부용병(芙蓉屛)	야담 4권 8호
1938. 8.	수필	문사가 말하는 명화	삼천리
1938. 8.	평론	이광수 찬 『이광수단편집』	박문 1권 8호
1938. 8. 14.	수필	나의 피서 안 가는 변	조선일보
1938. 8. 15.	수필	일작가의 진정서 －자작 「비교행」 예고	조선일보
1938. 9.	번역	망국조(亡國調)	사해공론 4권 9호
1938. 10.	소설	염천	요양촌 3권
1938. 12.	동화	소꿉질, 골목대장, 소꿉, 아 빠가 매맞던 이야기	『조선아동문학집』, 조 선일보사
1938. 12. 7.	소설집	『소설가 구보씨의 일일』	문장사
1939. 2. 22~23.	소설	제비	조선일보
1939. 3.	수필	여백을 위한 잡담	박문 2권 3호
1939. 4~6.	소설	만인의 행복	가정지우 19~21호
1939. 4. 9~5. 21.	소설	명랑한 전망	매일신보
1939. 4. 17.	소설집	『지나소설집』(번역)	인문사
1939. 4. 18.	수필	차중의 우울	조선일보
1939. 5.	수필	축견무용(畜犬無用)의 변	문장 1권 4호
1939. 5.	수필	느티나무아래－김기림 형에게	여성 4권 5호
1939. 5.	수필	이상의 비련	여성 4권 5호
1939. 6.	번역	지나동화－온몸에 오리털이 난 사내	소년
1939. 6.	수필	최정희여사 원고부탁에 대 한 답장	『조선명사서한집』
1939. 7.	소설	최노인전 초록	문장 1권 7호
1939. 7.	소설	골목안	문장 임시증간호
1939. 7.	수필	조선여성의 장점, 단점	가정지우 22호
1939. 7~12.(미완)	소설	미녀도	조광 5권 7~12호
1939. 8.	수필	잡설 1	문장 1권 8호
1939. 8. 24~28.(4회)	수필	영추잡필(迎秋雜筆)	매일신보
1939. 9.	수필	항간잡필	박문 2권 9호

구보 박태원의 시와 시론

1939. 9.	번역	도사와 배장수	소년
1939. 9~10.	소설	음우(陰雨)	문장 1권 9~10호
1939. 10.	수필	바둑이	박문 2권 10호
1939. 10~11.	번역	역수한(易水寒)	신세기
1939. 11.	소설집	『박태원단편집』	학예사
1939. 11.	수필	잡설 2	문장 1권 11호
1939. 11.	번역	사랑(톨스토이)	농업조선
1939. 11. 29~12. 2.(4회)	수필	어린 것들	조선일보
1939. 12.	수필	결혼5년의 감상	여성 4권 12호
1939. 12.	수필	신변잡기	박문 2권 12호
1940.	번역	파리의 괴도 －세계걸작탐정소설 3	조광사
1940. 1.	수필	영춘수감	가정지우 28호
1940. 1~9, 11.	소설	애경(愛經)	문장
1940. 1. 11~12.	평론	작가가 본 창작계	조선일보
1940. 2.	수필	나의 문학10년기－ 춘향전 탐독은 이미 취학이전	문장 2권 2호
1940. 2.	수필	원단일기	가정지우 29호
1940. 2.	수필	만원전차	박문 3권 2호
1940. 2~3.(미완)	수필	그의 감상	태양 1권 2~3호
1940. 5.	수필	청년문사의 연애관	삼천리
1940. 6.	번역	북경호일(北京好日)(임어당)	삼천리
1940. 6.	수필	우맹	가정지우 32호
1940. 10.	소설	음우(淫雨)	조광 6권 10호
1940. 10.	전기	소년독본－전후직(全后稷)	소년
1940. 10.	수필	어린 벗에게	『조선명사서한대집』
1940. 11~1941. 2.	소설	점경	가정지우 37~40
1941. 1.	소설	투도(偸盜)	조광 7권 1호
1941. 1~2.	소설	사계와 남매	신시대
1941. 2.	소설	아세아의 여명	조광 7권 2호
1941. 4.	소설	채가(債家)	문장 3권 4호
1941. 4.	번역	회피패(廻避牌)	신시대
1941. 4~1943. 1.(22회)	번역	신역삼국지	신시대
1941. 5.	소설	우산	백광
1941. 6.	수필	충남농촌점묘	반도의 광 44호

1941. 8.	소설	재운(財運)	춘추 2권 7호
1941. 8. 1~1942. 2. 9.	소설	여인성장	매일신보
1942.	장편	『여성성장』	매일신보사
1942.	장편	『아름다운 봄』	영창서관
1942. 8~1944. 12.	번역	수호전	조광
1942. 8. 11.	소설	이발소	매신사진순보
1942. 10. 20.	작품집	『군국의 어머니』	조광사
1943.	번역	『신역삼국지』(제갈량 편)	박문서관
1943.	수필	정인택에게,	『서간문강화』
		회남 대인전(大仁傳)	(박문서관)
1943. 6~1945. 1.(20회)	번역	서유기	신시대
1943. 7.	번역	침중기(枕中記)	춘추 3권 7호
1943. 12. 30.	소설	꼬마 반장, 어서 크자	조선출판사
		『방송소설명작선』	
1945. 2. 20.	번역	『신역삼국지』(적벽대전 편)	박문서관
1945. 5. 16~8. 14.(76회, 미완)	소설	원구(元寇)	매일신보
1945. 10~1946. 1.(10회, 미완)	소설	약탈자	조선주보
1945. 12.(미완)	소설	한양성(漢陽城)	여성문화 1권 1호
1945. 12. 1~1946. 5. 11.(9회)	수필	어린이 일기	어린이신문
1946.	교재	『문등문범』	정음사
1946.	교재	『중등작문』	정음사
1946.	소설	『조선독립순국열사전』	유문각
1946	번역	『중국동화집』(번역)	정음사
1946. 1. 1.	작사	학병의 노래	학병 창간호
1946. 2. 20.	작사	독립행진곡	해방기념애국가집
1946. 3.	소설	고부민란	협동 3호
1946. 3. 18.	소설	설낭(薛娘)	방송소설걸작선
1946. 6. 15~29.(3회)	소설	손오공	어린이신문
1946. 7.	번역	비령자(丕寧子)	삼천리
1946. 8.	소설	춘보	신문학 3호
1946. 11. 18~12. 31	소설	태평성대	경향신문
1946. 11. 25~1947. 11.(15회)	소설	이순신장군	주간소학생
1947.	단행본	『약산과 의열단』	백양당
1947. 1.	소설	어두운 시절	신세대 2권 1호
1947. 5. 1.	장편	『천변풍경』(재판)	박문서관

1948.	장편	『금은탑』	한성도서
1948.	장편	『삼국지』(번역)	정음사
1948.	번역	『이충무공행록』	을유문화사
1948. 1~11.	소설	소년삼국지	소학생
1948. 2. 10.	작품집	『성탄제』	을유문화사
1948. 2. 11.	작품집	『중국소설선』 1	정음사
1948. 3. 20.	작품집	『중국소설선』 2	정음사
1948. 6.	번역	『이순신장군』	아협
1948. 8.	소설	귀의 비극	신천지 28호
1948. 8.	소설	소년 김유신	소년 창간호
1948. 12~ 1950. 1.	장편	『수호지』(번역)	정음사
1949. 1. 4~12. 14.(273회)	소설	임진왜란	서울신문
1949. 2.	장편	『홍길동전』	조선금융조합연합
1949. 5~	소설	손오공	진달래
1949. 6. 15~1950. 2. 2.(193회)	소설	군상 1부	조선일보
1949. 6. 30.	번역	충무공이순신장군 편, 사명당 송운대사 편	독립혈사 1권
1950.	번역	『완역삼국지』 1~2	정음사
미확인	소설	오남매	미확인
1952. 4~6.	소설	조국의 깃발	문학예술
1952. 6. 3~14.	소설	리순신장군	로동신문
1954.	극본	『리순신장군』	미확인
1955.	작품집	『조선창극집』(조운과 공편)	국립출판사
1955.	작품집	『정수동 일화집』	국립출판사
1955.	작품집	『야담집』	국립출판사
1955. 12. 20.	장편	『리순신장군 이야기』	국립출판사
1958.	작품집	『심청전』	문학예술서적출판
1959.	장편	『삼국연의』 1	국립출판사
1959.	장편	『이순신장군전』	국립출판사
1960.	단행본	『남조선 인민들의 비참한 생활형편』	조선노동당출판사
1960.	장편	『삼국연의』 2	국립출판사
1960. 2. 20.	장편	『만화 갑오농민전쟁』	국립미술출판사
1960. 10. 15.	장편	『임진조국전쟁』	문학예술서적출판

1960. 11. 29.	시론	싸우라! 내 사랑하는 아들딸들아	문학신문
1961.	장편	『삼국연의』3	국립출판사
1961. 5. 1.	수필	로동당시대의 작가로서	문학신문
1961. 5. 22.	소설	을지문덕	문학신문
1962. 5. 26.	수필	옛 친구에게 주는 글	문학신문
1962. 5. 29~6. 1.(2회)	소설	김유신	문학신문
1962. 6. 8.	소설	김생	문학신문
1962. 6. 15.	소설	연개소문	문학신문
1962. 6. 19.	소설	박제상	문학신문
1962. 7. 6.	소설	구진천	문학신문
1962. 12. 28.	수필	지조를 굽히지 말라	문학신문
1963.	장편	『삼국연의』4, 5	국립출판사
1964.	장편	『삼국연의』6	국립출판사
1964. 1. 24.	수필	삼천만의 염원	문학신문
1965.	장편	『계명산천은 밝아오느냐』1권	문예출판사
1966.	장편	『계명산천은 밝아오느냐』2권	문예출판사
1977.	장편	『갑오농민전쟁』제1부	문예출판사
1980.	장편	『갑오농민전쟁』제2부	문예출판사
1986.	장편	『갑오농민전쟁』제3부	문예출판사

박태원 연구서지

1929. 6. 1~26.	송영, 「작가로서의 一言－박태원씨에게」, 〈조선일보〉.
1933. 9. 17.	백철, 「최근의 창작평－세 개의 신변소설」, 〈조선일보〉.
1933. 10. 21.	이무영, 「작가가 쓰는 작품평－10월 창작 별견 4」, 〈동아일보〉.
1933. 10. 26.	이기영, 「문예적 시감수제 2」, 〈조선일보〉.
1933. 11.	김팔봉, 「1933년 문학계－단편창작 76편」, 『신동아』.
1934. 1. 4.	백철, 「사조 중심으로 본 33년도 문학계」, 〈조선일보〉.
1934. 5. 15.	채만식, 「문예시감 3－이데올로기 문제」, 〈조선일보〉.
1934. 9. 19.	박영희, 「初秋의 문예 4~9월 창작 평가 약간의 시평(時評)」, 〈조선일보〉.
1935. 1.	홍효민, 「조선문단 및 조선문학의 진전－신년에의 전망을 겸하야」, 『신동아』.
1935. 1. 5.	엄흥섭, 「문예비평의 기본개념과 평가의 교양문제－주로 박태원씨의 시평을 논함」, 〈조선일보〉.
1935. 3.	박승극, 「조선문단의 회고와 비판－작금의 정황을 주로하야」, 『신인문학』.
1935. 4.	김양석, 「기성작가와 신진작가－그 차이는 어데 있을까」, 『조선문단』.
1935. 6.	박승극, 「조선문학의 재건설－상반기 창작 및 평론의 비판과 일반 문학 문제에 대한 토구(討究)」, 『신동아』.

1935. 7. 28 ~8. 1.	김두용, 「문단동향의 타진―구인회에 대한 비판」, 〈동아일보〉.
1935. 8. 11.	이태준, 「구인회에 대한 난해 기타」, 〈조선중앙일보〉.
1935. 11. 6~7.	박승극, 「문예시론―구인회란 무엇인가」, 〈조선중앙일보〉.
1936. 4.	이선희, 「작가 조선의 군상―인물과 작풍(作風)의 인상식 만평―박태원씨」, 『조광』.
1936. 4. 7.	장계춘, 「월평―구인회와 『시와소설』」, 〈조선중앙일보〉.
1936. 5.	이석훈, 「속 작가 인상기―박태원씨」, 『중앙』.
1936. 8. 20.	안회남, 「현대소설의 성격―최근 창작을 중심으로 하야」, 〈조선중앙일보〉.
1936. 9.	안회남, 「문장론―현역작가들의 기량 ; 그들의 개성과 영분(領分)에 관한 소고」, 〈조선일보〉.
1936. 10. 9.	안회남, 「9 · 10월 창작평」, 〈조선일보〉.
1936. 10. 31 ~11. 7.	최재서, 「리야리즘의 확대와 심화―『천변풍경』과 「날개」에 관하야」, 〈조선일보〉.
1936. 11. 12.	엄흥섭, 「11월 창작평 3―저조 센티멘탈리즘」, 〈조선일보〉.
1936. 12.	김환태, 「금년의 창작계 일별(一瞥)」, 『조광』.
1937. 1.	백철, 「리얼리즘의 재고―그 앤티휴먼의 경향에 대하야」, 『사해공론』.
1937. 6.	안석영, 「문인인상기―박태원 씨」, 『백광』.
1937. 6. 3.	유진오, 「현문단의 통폐는 리얼리즘의 오인」, 〈동아일보〉.
1937. 10. 8 ~14.	임화, 「사실주의의 재인식―새로운 문학적 탐구에 기하야」, 〈동아일보〉.
1937. 12.	이원조, 「예술계 1년 총관―정축(丁丑) 1년간 문예계 총관 : 주류 탐색의 한 노정표로서」, 『조광』.
1938. 5.	김문집, 「문단인물지―박태원」, 『조선문학』.
1938. 5.	김남천, 「세태, 풍속, 묘사, 기타」, 『비판』.
1938. 10. 14 ~25.	김남천, 「세태와 풍속」, 〈동아일보〉.
1938. 12. 11 ~21.	백철, 「현문학이 가져야 할 주장과 이상」, 〈동아일보〉.

1938. 12. 23.	안회남, 「북레뷰−박태원 저 구보씨의 일일」, 〈동아일보〉.
1939. 2.	안회남, 「작가 박태원론」, 『문장』.
1939. 2. 17.	임화, 「신간평 박태원 『천변풍경』평」, 〈조선일보〉.
1939. 3.	박종화, 「신간평총−『천변풍경』을 읽고」, 『박문』.
1939. 3.	임화, 「『천변풍경』평」, 『박문』.
1939. 4.	이태준, 「문예 '대진흥시대' 전망−신춘창작합평」, 『삼천리』.
1939. 5.	김문집, 「희작가 박태원」, 『조선문학』.
1939. 6.	안석영, 「조선문단 30년 측면사−박태원씨의 분장」, 『조광』.
1939. 7. 21.	임화, 「7월 창작평 2−역작 「골목안」의 가치」, 〈조선일보〉.
1939. 8.	김남천, 「살인 작가」, 『박문』 10호.
1939. 9.	임화, 「최근 소설의 주인공」, 『문장』.
1939. 9.	최상엄, 「문단인물론」, 『신세기』.
1939. 12.	임화, 「창작계의 1년」, 『조광』.
1939. 12.	김남천, 「소화14년도 문단의 동태와 성과−산문문학의 1년간」, 『인문평론』.
1940. 1.	안회남, 「창작계 전망」, 『조광』.
1940. 7.	안함광, 「최근의 작품경향」, 『인문평론』.
1940. 11.	김남천, 「추수기의 작단−10월 창작평」, 『문장』 2권 9호.
1940.	임화, 「세태소설론」, 『문학의논리』, 학예사.
1949. 5.	김병규, 「구보의 임진왜란에 대하여−역사문학에 있어서의 사관 문제」, 『신천지』 4권 5호.
1963. 4.	백철, 「구인회시대와 박태원의 '모더니티'」, 『동아춘추』.
1979.	최인훈, 「박태원의 소설세계」, 『문학과 이데올로기』, 문학과지성사.

1982.	조동길, 「박태원시고」, 『교육논문집』 2집, 공주사대.
1982.	김용희, 「『천변풍경』에 나타난 소시민들의 리얼리즘」, 『이화어문논집』 5.
1982.	박윤우, 「박태원론」, 『선청어문』 13, 서울대 사범대.
1982.	조옥지, 「『천변풍경』의 구조분석」, 고려대 석사논문.
1985.	조동길, 「소설공간 확대의 한 양상―구보의 경우」, 『공주사대논문집』 23집.
1986.	박남철, 「박태원 소설 연구」, 『한양어문』 4, 한국언어문화학회.
1987.	조동길, 「현실적 세계의 소설화와 그 한계―「우맹」의 경우」, 『공주사대논문집』 25집.
1987.	김성수, 「구보 박태원론」, 『수선논집』 12, 성균관대.
1987.	정순진, 「『소설가 구보씨의 일일』에 나타난 현실인식 고찰」, 『어문연구』 16.
1988. 6.	신동한, 「박태원론」, 『월간문학』.
1988. 8.	이재선, 「1930년대 도시소설―『천변풍경』에 나타난 박태원의 작품세계」, 『문학사상』 8월호 별책부록.
1988. 8.	김종욱, 「구보 박태원의 소설로 그린 이상과 그의 여인들―「애욕」「제비」에 대하여」, 『문학사상』 8월호 별책부록.
1988. 12.	권영민, 「모더니스트 박태원, 의문의 북행」, 『월간경향』.
1988. 12.	김중하, 「박태원시고」, 『세계의문학』 가을호.
1988.	권영민, 「박태원의 도시적 감성과 소설적 상상력」, 『한국해금작가선집』 14, 삼성출판사.
1988.	최혜실, 「『소설가 구보씨의 일일』에 나타나는 산책자」, 『관악어문연구』 13집.
1988.	구수경, 「박태원 단편소설 연구」, 『어문연구』 18, 어문연구회.
1988.	정현숙, 「박태원 연구」 1, 『이화어문논집』 10.
1988.	나병철, 「박태원의 모더니즘적 소설 연구」, 『연세어문학』 21.
1988.	김한석, 「도시문학과 실험적 기교―박태원의 초기소설을 중심으로」, 『국어국문학 논문집』 14, 동국대 국어국문학과.
1988.	김영숙, 「박태원 소설 연구」, 서울대 석사논문.

1988.	박미경, 「박태원의 『천변풍경』 연구」, 건국대 석사논문.
1988.	강혜원, 「박태원 소설의 서술구조 분석」, 이화여대 석사논문.
1989. 6.	이재선, 「박태원 『갑오농민전쟁』론」, 『문학사상』.
1989. 9.	김윤식, 「갑오농민전쟁」, 『동서문학』 가을호.
1989.	김윤식, 「고현학의 방법론―박태원을 중심으로」, 『한국문학의 리얼리즘과 모더니즘』, 문학과지성사.
1989.	명형대, 「박태원 소설의 공간시학」 I, 『인문논총』 1, 경남대 인문과학연구소.
1989.	이환제, 「박태원 소설연구―1930년대 작품을 중심으로」, 『기전어문학』, 수원대 국어국문학회.
1989.	윤치부, 「『천변풍경』의 구조시학」, 『백록어문』 6, 제주대 국어교육연구.
1989.	최재선, 「1930년대 작가의 현실인식 연구―이상과 박태원 작품을 중심으로」, 숙명여대 석사논문.
1989.	김명석, 「박태원의 단편소설 연구」, 연세대 석사논문.
1989.	이화진, 「박태원 소설 연구」, 성균관대 석사논문.
1990. 3.	명형대, 「박태원소설의 공간시학」, 『겨레문학』 봄호.
1990. 4.	김상태, 「박태원론―열려진 언어속에 담긴 내면풍경」, 『현대문학』 4월호.
1990.	김윤식, 「박태원론―모더니즘과 리얼리즘의 관련양상」, 『한국현대현실주의 소설연구』, 문학과지성사.
1990.	최혜실, 「모더니즘 소설에 나타나는 공간성―박태원의 『천변풍경』」, 구인환 외 편, 『한국현대장편소설연구』, 삼지원.
1990.	김교봉, 「박태원 『천변풍경』 연구」, 이선영 편, 『1930년대 민족문학의 인식』, 한길사.
1990.	신동한, 「『갑오농민전쟁』론」, 한국문학평론가협회 편, 『남북한의 비평적 조명』, 백문사.
1990.	정덕준, 「박태원 소설에서의 도시적 삶」, 서종택·정덕준 편, 『한국현대소설연구』, 새문사.
1990.	우한용, 「박태원소설의 담론구조와 기법」, 『표현』 18호.
1990.	김종건, 「박태원 초기소설 연구」, 『대구어문논총』 8.
1990.	임무출, 「박태원의 『홍길동전』 연구」, 『한민족어문학』 18.

1990.	정현숙, 「해방공간과 역사소설 – 박태원을 중심으로」, 『이화어문논집』 11.
1990.	윤정헌, 「박태원소설에 나타난 방관적 자의식의 양상」, 『한민족어문학』 18.
1990.	정현숙, 「박태원 소설 연구」, 이화여대 박사논문.
1990.	이화진, 「박태원 소설 연구」, 성균관대 석사논문.
1990.	장동욱, 「박태원 소설의 변모양상 연구」, 충남대 교육대학원 석사논문.
1990.	김신운, 「박태원과 최인훈의 『소설가 구보씨의 일일』 비교연구」, 조선대 석사논문.
1990.	유인주, 「박태원 소설의 방법적 실험에 관한 연구 – 창작방법과 실제를 중심으로」, 고려대 석사논문.
1990.	이계옥, 「박태원의 『소설가 구보씨의 일일』 연구」, 숙명여대 석사논문.
1990.	강상희, 「박태원 문학 연구」, 서울대 석사논문.
1990.	손영옥, 「『천변풍경』 연구」, 경남대 석사논문.
1990.	김은자, 「박태원 소설의 작중인물 연구」, 충남대 교육대학원 석사논문.
1990.	구인환, 『박태원』, 한국대표명작총서 제16권, 벽호.
1991.	유영윤, 「박태원 소설 연구」, 『대학원 학술논문집』, 건국대.
1991.	조미숙, 「박태원의 소설에 나타난 1930년대 여인상 연구」, 『건국어문학』 15.
1991.	윤정헌, 「박태원 신변소설고」, 『논문집』 13, 안동간호보건전문대.
1991.	채진홍, 「박태원 소설을 보는 관점」, 『한국언어문학』 29.
1991.	공종구, 「박태원 초기 소설의 서사 지평 분석 – 「최후의 모욕」을 대상으로」, 『한국언어문학』 29, 한국언어문학회.
1991.	윤정헌, 「박태원의 외향적소설 연구」, 『한민족어문학』 19.
1991.	조건상, 「박태원 소설 연구 – 초기단편과 『천변풍경』을 중심으로」, 『대동문화연구』 26, 성균관대 대동문화연구원.
1991.	정덕준, 「박태원 소설의 시간 – 현재화된 과거」, 『어문집』 9, 한림대.
1991.	홍경표, 「자전적 형식의 소설화 과정 – 박태원과 이상의 두 작품을 중심으로」, 『한국전통문화연구』 7, 대구가톨릭대 인문과학연구소

1991.	황효일, 「박태원 소설 연구」, 『북악논총』 9, 국민대.
1991.	오경복, 「박태원 소설의 서술 유형 연구」, 『우리어문학연구』 3, 한국외대.
1991.	윤정헌, 「박태원 소설 연구」, 영남대 박사논문.
1991.	정영선, 「박태원의 『천변풍경』 연구」, 영남대 박사논문.
1991.	조한용, 「박태원 소설의 창작방법과 작가의식의 변모」, 경북대 석사논문.
1991.	강현구, 「박태원 소설 연구」, 고려대 박사논문.
1991.	김일태, 「박태원의 『천변풍경』 연구」, 국민대 석사논문.
1991.	김신운, 「박태원과 최인훈의 『소설가 구보씨의 일일』 비교 고찰」, 조선대 석사논문.
1991.	장중석, 「박태원의 『천변풍경』 연구」, 한남대 석사논문.
1991.	장수익, 「박태원 소설 연구」, 서울대 석사논문.
1991.	이정옥, 「박태원 소설 연구」, 연세대 석사논문.
1991.	김정원, 「박태원의 모더니즘 소설 연구」, 연세대 석사논문.
1991.	김소영, 「박태원 소설 연구－초기 단편소설을 중심으로」, 효성여대 석사논문.
1991.	안응호, 「박태원의 『소설가 구보씨의 일일』 연구－현실 인식과 표현 기법을 중심으로」, 청주대 석사논문.
1992.	정현숙, 「『갑오농민전쟁』 연구」, 『어문학보』 14.
1992.	안숙원, 「박태원 단편소설 연구」, 『서강어문』 8.
1992.	안숙원, 「대화이론과 박태원의 소설－『천변풍경』을 대상으로」, 『논문집』 12, 서울보건대.
1992.	오경복, 「박태원 소설의 일인칭 서술상황 연구－「피로」, 「전말」 「거리」, 「보고」를 중심으로」, 『이화어문논집』 12.
1992.	장수익, 「박태원 소설의 발전과정과 그 의미」, 『외국문학』 봄호, 열음사.
1992.	나은진, 「박태원 소설의 기호학적 의미 구조론」, 이화여대 석사논문.
1992.	김봉진, 「박태원 소설 연구」, 한양대 석사논문

1992.	공종구, 「박태원 소설의 서사지평 연구」, 전남대 박사논문.
1992.	박배식, 「박태원의 해방전 소설연구」, 세종대 박사논문.
1993.	신재성, 「박태원의 『천변풍경』론」, 정호웅 외, 『장편소설로 보는 새로운 민족문학사』, 열음사.
1993.	류보선, 「모더니즘적 이념의 극복과 영웅성의 세계-박태원의 『갑오농민전쟁』」, 『문학정신』 2월호.
1993.	윤정헌, 「박태원 역사소설 연구」, 『한민족어문학』 24.
1993.	공종구, 「박태원의 통속소설 연구」, 『한국언어문학』 31.
1993.	한만수, 「1930년대 한국 모더니즘 소설의 기법 연구-이상과 박태원의 소설을 중심으로」, 중앙대 박사논문.
1993.	오연희, 「박태원 초기 단편소설의 담론 연구」, 충남대 석사논문.
1993.	조민정, 「박태원의 『천변풍경』 연구」, 연세대 석사논문.
1993.	임소월, 「박태원 소설 연구」, 단국대 석사논문.
1993.	오경복, 「박태원 소설의 서술기법 연구」, 이화여대 박사논문.
1993.	안숙원, 「박태원 소설 연구-도립의 시학」, 서강대 박사논문.
1993.	김봉진, 「박태원 소설 연구」, 한양대 박사논문.
1993.	정현숙, 『박태원문학연구』, 국학자료원.
1994.	조한용, 「박태원 소설의 창작방법과 작가의식의 변모」, 『문학과 언어』 15.
1994.	채호석, 「1934년 경성, 행복찾기」, 『민족문학사연구』 6, 민족문학사학회.
1994.	강현구, 「문학엘리트주의와 모던-박태원 소설의 모더니즘적 성격」, 『어문논집』 33, 안암어문학회.
1994.	한상규, 「박태원의 『천변풍경』에 나타난 창작 기술의 양상」, 『한국현대문학연구』 3, 한국현대문학회.
1994.	박배식, 「박태원의 역사소설 연구」, 『한국언어문학』 33.
1994.	문흥술, 「의사 탈근대성과 모더니즘-박태원론」, 『외국문학』 봄호, 열음사.
1994.	채진홍, 「박태원의 「골목안」 연구」, 『국어국문학』 112, 국어국문학회.

1994.	김용국, 「박태원 초기소설 연구」, 『강남어문』 8, 강남대 국어국문학과.
1994.	김헌규, 「박태원 소설 연구」, 서울시립대 석사논문.
1994.	송문숙, 「박태원 소설 연구 – 인물유형을 중심으로」, 효성여대 석사논문.
1994.	이미경, 「박태원의 『천변풍경』 고찰」, 조선대 교육대학원 석사논문.
1994.	김용국, 「박태원 초기소설 연구」, 수원대 석사논문.
1994.	이선규, 「박태원의 『천변풍경』 연구」, 성균관대 석사논문.
1994.	윤정헌, 『박태원 소설연구』, 형설.
1995.	이정옥, 「역사적 사실과 허구적 인물의 상징적 형상화 – 박태원의 『갑오농민전쟁』론」, 『현대문학의 연구』 5, 한국문학연구학회.
1995.	강진호, 「'구인회'의 문학적 의미와 성격」, 『상허학보』 2, 상허학회.
1995.	나병철, 「박태원 소설의 미적 모더니티와 근대성」, 『상허학보』 2.
1995.	류보선, 「이상(李箱)과 어머니, 근대와 전근대 – 박태원 소설의 두 좌표」, 『상허학보』 2.
1995.	김종욱, 「일상성과 역사성의 만남 – 박태원의 역사소설」, 『상허학보』 2.
1995.	강헌국, 「박태원 단편 소설의 서사 구조」, 『상허학보』 2.
1995.	강진호 · 정현숙, 「박태원의 월북과 북한에서의 행적」, 『상허학보』 2.
1995.	이명희, 「박태원과 여성 의식」, 『상허학보』 2.
1995.	이미향, 「박태원 역사소설의 특징」, 『상허학보』 2.
1995.	정현숙, 「박태원 연구의 현황과 과제」, 『상허학보』 2.
1995.	강상희, 「'구인회'와 박태원의 문학관」, 『상허학보』 2.
1995.	서덕순, 「박태원 연구의 사적 검토」, 『어문연구』 23 – 3.
1995.	간호배, 「박태원 초기소설 연구 – 페미니즘적 성격을 중심으로」, 『우리문학연구』 10, 우리문학회.
1995.	이중재, 「박태원 소설론 검토」, 『동국어문학』 7.

1995.	박종길, 「박태원 모더니즘 소설의 반영론적 연구」, 부산대 석사논문.
1995.	최인자, 「박태원과 최인훈의 『소설가 구보씨의 일일』 대비 연구」, 전북대 석사논문.
1995.	김상미, 「박태원 소설 연구」, 국민대 석사논문.
1995.	윤미선, 「박태원과 최인훈의 『소설가 구보씨의 일일』 비교 연구」, 연세대 석사논문.
1995.	김재두, 「박태원의 지식인 소설에 나타난 배회 모티프 연구」, 건국대 석사논문.
1995.	석영명, 「박태원의 『천변풍경』 연구」, 건국대 교육대학원 석사논문.
1995.	박세웅, 「박태원의 『천변풍경』 연구」, 경남대 교육대학원 석사논문.
1995.	이중재, 「'九人會' 연구－이태준, 박태원, 이상의 소설을 중심으로」, 동국대 박사논문.
1995.	신소영, 「박태원 소설 연구」, 국민대 교육대학원 석사논문.
1995.	윤강애, 「박태원의 역사소설 연구－『갑오농민전쟁』을 중심으로」, 국민대 석사논문.
1995.	오성표, 「박태원 소설 연구－『천변풍경』과 『갑오농민전쟁』을 중심으로」, 건국대 석사논문.
1995.	황영미, 「박태원 소설의 모더니즘적 특성 연구」, 숙명여대 석사논문.
1995.	박미경, 「박태원 소설에 나타난 현실대응 양상－30년대 중·단편을 중심으로」, 전남대 석사논문.
1995.	정현숙 편, 『박태원』 새미작가론총서 2, 새미.
1995.	강진호·류보선·이선미·정현숙 외, 『박태원소설연구』, 깊은샘.
1996.	김해옥, 「1930년대 모더니즘 소설의 서정적 경향에 대한 연구－박태원의 『소설가 구보씨의 일일』을 중심으로」, 『한국학논집』 28.
1996.	백문임, 「모더니즘과 공간－박태원의 『소설가 구보씨의 일일』을 중심으로」, 『현대문학의 연구』 7, 한국문학연구학회.
1996.	공종구, 「박태원의 모더니즘 소설연구」, 『한국언어문학』 36.
1996.	이선미, 「'구인회'의 소설가들과 모더니즘의 문제－이태준과 박태원의 경우」, 『상허학보』 3.
1996.	안정민, 「박태원 소설의 근대성 연구」, 부산대 석사논문.
1996.	서덕순, 「박태원의 『갑오농민전쟁』 연구－세계인식과 창작기법을 중심으로」, 경희대 석사논문.

1996.	박태원, 「박태원 세태소설의 연구」, 원광대 교육대학원 석사논문.
1996.	최선애, 「박태원 소설 연구―소설가 주인공 소설을 중심으로」, 고려대 석사논문.
1996.	안혜연, 「박태원의 『소설가 구보씨의 일일』 연구―모더니즘적 서술 특성을 중심으로」, 전남대 석사논문.
1996.	임태영, 「박태원 소설 연구―모더니즘 소설을 중심으로」, 성신여대 석사논문.
1996.	이경화, 「박태원 소설의 담론 구조 연구―『소설가 구보씨의 일일』, 『천변풍경』을 중심으로」, 관동대 석사논문.
1996.	지봉성, 「박태원의 『홍길동전』 연구」, 충남대 석사논문.
1996.	조일희, 「박태원 세태소설의 연구」, 원광대 석사논문.
1996.	김성아, 「박태원 소설 연구」, 중앙대 석사논문.
1996.	유영윤, 「염상섭과 박태원 비교 연구」, 건국대 박사논문.
1996.	이경희, 「1930년대 모더니즘 소설의 변이 양상 연구―박태원과 최명익을 중심으로」, 연세대 석사논문.
1996.	안숙원, 『박태원 소설과 도립의 시학』, 개문사.
1996.	우찬제, 「박태원의 『천변풍경』의 욕망현시 양상 연구」, 건양대 인문과학연구소.
1996.	김상태, 『박태원 : 기교와 이데올로기』, 건국대 출판부.
1997.	강진희, 「박태원 『소설가 구보씨의 일일』의 모더니즘적 특성 일고」, 『청람어문학』 18.
1997.	안미영, 「박태원 중편 「적멸」 연구」, 『문학과 언어』 18.
1997.	장병호, 「박태원 소설의 소외의식 연구―『소설가 구보씨의 일일』을 중심으로」, 『국어교육』 95, 한국국어교육연구회.
1997.	이중재, 「박태원 초기 소설론」, 『한국문학연구』 19, 동국대 한국문학연구소.
1997.	이연행, 「박태원의 「자화상」 연작에 대한 一考」, 『현대소설연구』 6.
1997.	황영미, 「박태원 소설의 시점 연구」, 『국어국문학』 120.
1997.	김무숙, 「박태원의 『소설가 구보씨의 일일』 연구」, 『동남어문논집』 7.
1997.	김명석, 「역사소설 작가와 역사의식―박태원의 『계명산천은 밝아오느냐』를 중심으로」, 『개신어문연구』 14.

1997.	조정래, 「박태원의 『소설가 구보씨의 일일』 연구—모더니즘 소설과 식민지 경험의 특수성」, 『인문과학연구』 3, 서경대 인문과학연구소.
1997.	유향순, 「박태원 소설의 공간화 기법 연구—『소설가 구보씨의 일일』, 『천변풍경』을 중심으로」, 동국대 박사논문.
1997.	강진희, 「박태원의 『소설가 구보씨의 일일』에 나타난 근대성 연구」, 한국교원대 석사논문.
1997.	박영기, 「박태원 단편소설의 공간 연구」, 한국외대 교육대학원 석사논문.
1997.	천정환, 「박태원 소설의 서사 기법에 관한 연구」, 서울대 석사논문.
1997.	이진희, 「1930년대 소설에 나타난 母像 연구—박태원·이태준·최정희·강경애를 중심으로」, 서강대 석사논문.
1998.	손광식, 「박태원의 「적멸」 연구」, 『성균어문연구』 3.
1998.	황영미, 「이상과 박태원 소설에 나타난 "극화된 작자"의 의미」, 『원우논총』 16, 숙명여대.
1998.	안숙원, 「역사소설과 박태원의 『갑오농민전쟁』 연구」, 『논문집』 18, 서울보건대.
1998.	이호, 「박태원의 『소설가 구보씨의 일일』에 나타난 현실인식의 한 측면」, 『한국문학이론과 비평』 2.
1998.	윤정헌, 「30년대 소설에 나타난 인간소외의 양상—박태원 소설의 경우」, 『어문학』 63, 한국어문학회.
1998.	전촌붕자, 「박태원의 소설가 소설 연구—『적멸』, 『피로』, 『소설가 구보씨의 일일』론」, 서강대 석사논문.
1998.	김홍식, 「박태원 소설담론의 특성 연구」, 조선대 박사논문.
1998.	황경희, 「박태원의 『천변풍경』 연구」, 홍익대 석사논문.
1998.	김이구, 「박태원 소설의 공간형식 연구」, 서강대 석사논문.
1998.	이은주, 「박태원 문학의 수용양상 연구」, 이화여대 석사논문.
1998.	김미아, 「박태원 소설의 도시성 연구」, 전남대 석사논문.
1998.	김남영, 「1930년대 도시소설의 공간 연구—박태원과 이상의 소설을 중심으로」, 한남대 석사논문.
1998.	허병식, 「예술가 소설에 나타난 주체의 형성에 관한 연구—이상과 박태원의 소설을 중심으로」, 동국대 석사논문.
1998.	이중재, 『구인회』 소설의 문학사적 연구」, 국학자료원.
1999.	문재호, 「근대 도시소설 연구—염상섭 「암야」와 박태원의 『소설가 구보씨의 일일』을 중심으로」, 『숭실어문』 15, 숭실어문학회.

1999.	이병렬, 「박태원의『금은탑』연구」, 『숭실어문』 15.
1999.	이정옥, 「박태원 문학의 정신적 기원」, 『원우논집』 29, 연세대.
1999.	이경훈, 「모더니즘 소설과 돈―이상과 박태원의 작품을 중심으로」, 『현대문학의 연구』 12, 한국문학연구학회.
1999.	조희정, 「1930년대 예술가소설 연구―박태원 소설「적멸」을 중심으로」, 『국어국문학지』 36, 문창어문학회.
1999.	손광식, 「1930년대 후반 문학에서 박태원 소설이 지니는 의미―'생활'에 대응하는 태도를 중심으로」, 『국제어문』 20, 국제어문학회.
1999.	조미숙, 「박태원 소설의 시공간 연구」, 『건국어문학』 23.
1999.	김종구, 「박태원『소설가 구보씨의 일일』의 담론 상황 연구」, 『한국문학이론과 비평』 4.
1999.	이정옥, 「박태원 소설의 모더니즘 특성 연구」, 『연세어문학』 30~31.
1999.	조희정, 「1930년대 예술가 소설 연구―박태원 소설을 중심으로」, 부산대 석사논문.
1999.	이정옥, 「박태원 소설 연구―기법을 중심으로」, 연세대 박사논문.
1999.	이정환, 「박태원의『천변풍경』연구」, 고려대 석사논문.
1999.	장연란, 「박태원의 현실인식 변모양상 연구」, 광운대 석사논문.
1999.	손광식, 「박태원 소설 연구」, 성균관대 박사논문.
2000.	김종건, 「1930년대 소설의 공간 설정과 작가의식―박태원과 이태준을 중심으로」, 『우리말글』 19, 우리말글학회.
2000.	김명인, 「근대소설과 도시성의 문제―박태원의『소설가 구보씨의 일일』을 중심으로」, 『민족문학사연구』 16.
2000.	우정권, 「박태원 초기 소설의 상호텍스트성 연구」, 『개신어문연구』 17.
2000.	김봉진, 「박태원『임진왜란』연구」, 『한민족문화연구』 7.
2000.	김태진, 「박태원 소설의 공간 구조 연구―『소설가 구보씨의 일일』과『천변풍경』을 중심으로」, 서강대 석사논문.
2000.	여지영, 「1930년대 심리소설의 서사적 정체성 연구―이상의「날개」와 박태원의『소설가 구보씨의 일일』을 중심으로」, 서강대 석사논문.
2000.	김홍식, 「박태원 연구」, 국학자료원.
2000.	장현숙, 「박태원소설의 시공간 연구」, 『한국 현대문학과 시대정신』 국학자료원.

2001.	김종구, 「박태원의 『천변풍경』 초점화 양상 연구」, 『한국문학이론과 비평』 10.
2001.	이화진, 「박태원의 『소설가 구보씨의 일일』론」, 『어문학』 74.
2001.	이미성, 「범속한 일상과 비범한 예술의 관계 맺기―박태원의 단편소설을 중심으로」, 『동국어문학』 13.
2001.	오상석, 「박태원의 『소설가 구보씨의 일일』 연구」, 단국대 교육대학원 석사논문.
2001.	최은자, 「1930년대 박태원 소설 연구」, 연세대 교육대학원 석사논문.
2001.	정혜경, 「박태원 소설의 영화적 기법 연구」, 숙명여대 석사논문.
2001.	김봉진, 『박태원 소설세계』, 국학자료원.
2002.	홍성암, 「박태원의 역사소설 연구」, 『현대문학이론연구』 18.
2002.	이강언, 「박태원 소설의 도시와 도시 인식」, 『우리말글』 24.
2002.	조명기, 「머뭇거림과 욕망의 위장―지식의 이중성―박태원의 『소설가 구보씨의 일일』론」, 『문창어문논집』 39, 문창어문학회.
2002.	공종구, 「박태원의 지식인 소설에 나타난 식민지 근대」, 『현대소설연구』 16.
2002.	이윤진, 「박태원 소설의 서술 기법 연구―영화적 기법을 중심으로」, 우석대 박사논문.
2002.	김동진, 「박태원의 『천변풍경』 연구」, 국민대 교육대학원 석사논문.
2002.	임병권, 「1930년대 한국 모더니즘 소설의 양가성 연구」, 서강대 박사논문.
2002.	서하진, 「박태원의 『갑오농민전쟁』의 구성 양식」, 『북한 문학의 이해』, 김종회 편, 청동거울.
2002.	김명석, 『한국 소설과 근대적 일상의 경험』, 새미.
2002.	조영복, 「박태원」, 『월북 예술가 오래 잊혀진 그들』, 돌베개.
2003.	임금복, 「박태원의 『갑오농민전쟁』 연구」, 『동학학보』 6.
2003.	차호일, 「박태원의 모더니즘 소설론 연구」, 『새국어교육』 65.
2003.	조낙현, 「박태원 소설의 미적 근대성」, 『한국문예비평연구』 12.
2003.	서종택, 「한국 현대소설의 미학적 기반」 1, 『한국문학이론과 비평』 19.

2003.	김상열, 「박태원의 소설, 『소설가 구보씨의 일일』과 스웨덴 산책문학의 비교」, 『스칸디나비아 연구』 4, 한국스칸디나비아학회.
2003.	김은아, 「박태원, 최인훈, 주인석의 『소설가 구보씨의 일일』 비교 연구」, 홍익대 석사논문.
2003.	류수연, 「박태원의 고현학적 창작 기법 연구」, 인하대 석사논문.
2004.	유병문, 「분단예술가의 숨결을 찾아서 – 월북 소설가 박태원과 『갑오농민전쟁』」, 『민족21』 36, (주)민족 21.
2004.	김외곤, 「박태원의 『천변풍경』과 근대도시 경성」, 『성심어문논집』 26, 성심어문학회.
2004.	박배식, 「모더니즘 소설의 영화기법 – 박태원을 중심으로」, 『비평문학』.
2004.	권희선, 「박태원 소설에 나타난 희극성」, 『한국학연구』 13, 인하대 한국학연구소.
2004.	김종회, 「박태원 문학의 성격과 세계관 고찰」, 『현대문학이론연구』 22.
2004.	진용우, 「박태원 소설 연구 – 『소설과 구보씨의 일일』과 『천변풍경』을 대상으로」, 한국교원대 석사논문.
2004.	이수민, 「박태원 소설의 서술구조 연구」, 단국대 석사논문.
2004.	김수현, 「1930년대 박태원 소설 연구 – 인물의 소외 의식을 중심으로」, 전북대 석사논문.
2004.	박지영, 「박태원 초기 단편소설 연구」, 동국대 교육대학원 석사논문.
2004.	염인수, 「박태원의 『갑오농민전쟁』 연구 – 언어형식과 세계 인식의 총체성을 중심으로」, 고려대 석사논문.
2004.	이윤진, 『박태원 소설의 서술기법 연구 : 영화적 기법을 중심으로』, 국학자료원.
2005.	C. 한스컴, 「근대성의 매개적 담론으로서 신경쇠약에 대한 예비적 고찰 – 박태원의 단편소설을 중심으로」, 『한국문학연구』 29.
2005.	장동천, 「老舍와 박태원 세태소설의 도시 인식 비교」, 『중어중문학』 36, 한국중어중문학회.
2005.	김흥식, 「박태원의 소설과 고현학」, 『한국현대문학연구』 18, 한국현대문학회.
2005.	윤진현, 「박태원 『삼국지』 판본 연구」, 『한국학연구』 14, 인하대 한국학연구소
2005.	한수영, 「박태원 소설에서의 근대와 전통」, 『한국문학이론과 비평』 27.
2005.	백지혜, 「박태원 소설의 사유방식과 글쓰기의 형식」, 『관악어문연구』 30.
2005.	김동혁, 「박태원 소설의 창작방법 연구」, 단국대 석사논문.

2005.	차선일, 「박태원 문학의 미적 자율성 연구」, 부산외대 석사논문.
2005.	이우현, 「박태원 『소설가 구보씨의 일일』의 기호학적 구조분석」, 경희대 석사논문.
2005.	김현주, 「박태원 소설의 도시 인식에 관한 연구」, 강릉대 교육대학원 석사논문.
2005.	이지원, 「박태원 소설 연구―지식인 주인공 소설을 중심으로」, 동덕여대 석사논문.
2005.	홍현숙, 「박태원 소설의 시간 기법 연구」, 목포대 교육대학원 석사논문.
2005.	이명학, 「1930년대 한·중 모더니즘소설 비교연구―이상, 박태원과 무스잉(穆時英), 스저춘(施蟄存)을 중심으로」, 부산대 박사논문.
2005.	지세정, 「박태원 소설의 일상성 서술 연구―초기 단편소설을 중심으로」, 단국대 석사논문.
2005.	김희정, 「박태원의 『천변풍경』 연구―영화적 기법을 중심으로」, 수원대 석사논문.
2005.	류보선 편, 『(박태원 수필집)구보가 아즉 박태원일 때』, 깊은샘.
2005.	천정환 편, 『소설가 구보씨의 일일』, 문학과지성사.
2005.	조이담, 『구보씨와 더불어 경성을 가다』, 바람구두.
2006.	우정권, 「박태원의 월북 후 문학에 나타난 '글쓰기'의 존재성」, 『어문학』 91.
2006.	정현숙, 「박태원 소설에 나타난 신체제 수용 양상」, 『구보학보』 1, 구보학회.
2006.	나은진, 「소설가 소설과 '구보형 소설'의 계보」, 『구보학보』 1.
2006.	류수연, 「통속성의 확대와 탐정소설과의 역학관계」, 『구보학보』 1.
2006.	김학면, 「박태원 소설에 나타난 '시선'과 '기억'」, 『구보학보』 1.
2006.	김겸향, 「박태원 소설에 나타난 이중적 목소리」, 『구보학보』 1.
2006.	김종회, 「박태원의 '구인회' 활동과 이상(李箱)과의 관계」, 『구보학보』 1.
2006.	양대규, 「박태원의 『천변풍경』 연구―서사흐름을 중심으로」, 『전농어문연구』 18, 서울시립대.
2006.	표정옥, 「박태원과 이효석의 영화적 기법의 담론연구―『천변풍경』과 「메밀꽃 필 무렵」의 "길"에 대한 시선을 중심으로」, 『현대소설연구』 29.
2006.	박재영, 「나의 아버지 구보 박태원」, 『문예운동』.

2006.	전봉관, 「박태원 소설 『우맹』과 신흥종교 백백교」, 『한국현대문학회 학술발표회자료집』.
2006.	정현숙, 「한국현대소설과 공간―1930년 도시공간과 박태원 소설」, 『현대소설연구』 31.
2006.	방민호, 「1930년대 경성 공간과 『소설가 구보씨의 일일』」, 『문학수첩』 겨울호.
2006.	조민경, 「나쓰메 소세키와 박태원 비교 연구―나쓰메 소세키의 『나는 고양이로소이다』와 박태원의 『천변풍경』을 중심으로」, 연세대 석사논문.
2006.	최유학, 「박태원 번역소설 연구―중국소설의 한국어번역을 중심으로」, 서울대 석사논문.
2006.	황민주, 「1930년대 예술가 소설 연구―김동인과 박태원을 중심으로」, 홍익대 교육대학원 석사논문.
2006.	이영월, 「『소설가 구보씨의 일일』에 나타난 소설가상 및 창작 기법 연구―박태원·최인훈·주인석의 작품을 대상으로」, 건국대 교육대학원 석사논문.
2007.	방민호, 「박태원의 1940년대 연작형 '사소설'의 의미」, 『인문논총』 58, 서울대 인문학연구원.
2007.	김종회, 「일제강점기 박태원 문학의 통속성과 친일성」, 『비교한국학』 15.
2007.	김미지, 「박태원 소설의 쾌락 원천으로서 유머와 놀이」, 『구보학보』 2.
2007.	김종회, 「해방 전후 박태원의 역사소설」, 『구보학보』 2.
2007.	정호웅, 「박태원의 역사소설을 다시 읽는다」, 『구보학보』 2.
2007.	박배식, 「박태원의 역사소설관」, 『구보학보』 2.
2007.	김윤희, 「박태원 소설의 희곡적, 연극적 변용·가능성에 관한 일고찰」, 『구보학보』 2.
2007.	조은주, 「박태원과 이상의 문학적 공유점」, 『한국현대문학연구』 23.
2007.	정하늬, 「박태원의 『천변풍경』과 James Joyce의 Dubliners에 나타난 '도시'의 의미 비교」, 『한국현대문학연구』 23.
2007.	김종회, 「일제강점기의 박태원 문학」, 『한국현대문학회 학술발표회자료집』.
2007.	김순진, 「시침존(施蟄存)과 박태원의 도시인식」, 『중국연구』 39, 한국외국어대 중국연구소.
2007.	정현숙, 「박태원 소설에 나타난 연속성과 불연속성 1―월북 후 소설을 중심으로」, 『한국언어문학』 61.

2007.	엄춘하, 「박태원(朴泰遠)과 무스잉(穆時英)의 소설기법 비교 연구」, 서울대 석사논문.
2007.	김은정, 「박태원 초기 단편 소설 연구−「피로」와 「거리」의 교육 지도 방안 중심으로」, 경희대 교육대학원 석사논문.
2007.	엄인정, 「근대소설에 나타난 소외양상 및 그 의미에 관한 연구−이태준과 박태원을 중심으로」, 국민대 교육대학원 석사논문.
2007.	김정엽, 「박태원의 『소설가 구보씨의 일일』 연구−산책의 의미를 중심으로」, 공주대 교육대학원 석사논문.
2007.	김상미, 「박태원 소설의 변화 양상 연구−해방 이전 소설을 중심으로」, 경희대 교육대학원 석사논문.
2007.	권영희, 「박태원과 라오서의 도시소설 비교연구−『천변풍경』과 『사세동당』을 중심으로」, 숭실대 석사논문.
2007.	임태훈, 「'음경(陰景)'의 발견과 소설적 대응−이효석과 박태원을 중심으로」, 성균관대 석사논문.
2007.	구보학회 편, 『박태원과 모더니즘』, 깊은샘.
2008.	안미영, 「해방 이후 박태원 작품에 나타난 '영웅'의 의의」, 『한국현대문학연구』 25.
2008.	박배식, 「해방기 박태원의 역사소설」, 『동북아문화연구』 17, 동북아시아문화학회.
2008.	박배식, 「1930년대 박태원 소설의 영화기법」, 『문학과영상』 9, 문학과영상학회.
2008.	장수익, 「박태원 소설과 풍속의 의미−『천변풍경』을 중심으로」, 『한남어문학』 32, 한남대 한남어문학회.
2008.	정현숙, 「박태원 소설에 나타난 연속성과 불연속성 2−1960년대 작품을 중심으로」, 『어문연구』 57.
2008.	이평전, 「근대도시의 일상 탐색과 병리성의 기원 연구」, 『어문학』 99.
2008.	정소영, 「박태원과 제임스 조이스의 식민도시 형상화 방식 고찰−『천변풍경』과 『더블린사람들』을 중심으로」, 『한국문예비평연구』 27.
2008.	오현숙, 「1930년대 식민지와 미궁의 심상지리」, 『구보학보』 3.
2008.	정준영, 「박태원의 내면에 담긴 주체성」, 『구보학보』 3.
2008.	안숙원, 「구인회와 댄디즘의 두 양상」, 『구보학보』 3.
2008.	류수연, 「'공공적' 글쓰기와 소설의 통속화」, 『구보학보』 3.
2008.	차선일, 「박태원 「적멸」 연구」, 『고황논집』 42, 경희대.

2008.	최진연, 「박태원 소설의 모더니즘 연구」, 동신대 교육대학원 석사논문.
2008.	신양수, 「박태원의 자전적 소설 연구」, 국민대 석사논문.
2008.	오현숙, 「박태원 문학의 역사 인식과 재현 방식 연구」, 서울대 석사논문.
2008.	문수언, 「박태원의 창작 방법론 연구 – 고현학적 글쓰기의 변화 양상을 중심으로」, 가톨릭대 석사논문.
2008.	오자은, 「박태원 소설의 도시 소수자 형상화 방법 연구」, 서울대 석사논문.
2008.	김미지, 「박태원 소설의 담론 구성 방식과 수사학 연구」, 서울대 박사논문.
2008.	구보학회 편, 『박태원과 구인회』, 깊은샘.
2008.	구보학회 편, 『박태원과 역사소설』, 깊은샘.
2008.	김종회, 『그들의 문학과 생애 : 박태원』, 한길사.
2008.	김미지, 「박태원 소설의 쾌락 원천으로서 유머와 놀이」, 『구보학보』.
2008.	배개화, 「문장지 시절의 박태원: 신체제 대응양상을 중심으로」, 『우리말글』 44.
2009.	이문규, 「허균, 박태원, 정비석 〈홍길동전〉의 비교 연구」, 『국어교육』 128.
2009.	신형기, 「박태원, 주변부의 만보객(漫步客)」, 『상허학보』 26.
2009.	박진숙, 「도시의 일상성과 기교의 결합이 낳은 승리, 박태원 문학」, 『문학사상』.
2009.	송강호, 「박태원 『삼국지』의 판본과 번역 연구」, 『구보학보』.
2009.	안숙원, 「박태원과 소설의 여성화」, 『구보학보』.
2009.	이은선, 「박태원 소설에 나타난 주체 – 타자 연구」, 『이화어문논집』 27.
2009.	이은선, 「박태원 소설에 나타난 주체 – 타자 연구 II」, 『구보학보』 5.
2009.	이은주, 「박태원 소설의 수용과 문학장의 헤게모니」, 『구보학보』 5.
2009.	김종회, 「월북 후 박태원 역사소설의 시대적 성격 고찰」, 『비평문학』 34.
2009.	박진숙, 「박태원의 통속소설과 시대의 '명랑성'」, 『한국현대문학연구』 27.

2009.	김미지, 「박태원의 『金銀塔』: 통속극 넘어서기의 서사 전략」, 『어문연구』 37.
2009.	김명학, 「박태원과 무스잉 소설 비교연구: 1930년대 모더니즘 소설을 중심으로」, 고려대 석사논문.
2009.	조희연, 「박태원 소설의 자기 반영성 연구」, 숙명여대 석사논문.
2009.	류수연, 「박태원 소설의 창작기법 연구」, 인하대 박사논문.
2009.	조경숙, 「박태원 소설에 나타난 행복의 의미: 천변풍경과 소설가 구보씨의 일일을 중심으로」, 한림대 석사논문.
2009.	박태원, 『천변풍경: 외』, 문학사상.
2009.	조이담, 『구보씨와 더불어 경성을 가다』, 바람구두.
2009.	최원식 외, 『전환기, 근대 문학의 모험: 탄생100주년 문학인 기념 문학제 논문집 2009』, 민음사.
2010.	정현숙, 「박박태원 소설의 내부텍스트성 연구」, 『인문과학연구』.
2010.	이은선, 「박태원 소설과 '재현'의 문제」, 『현대소설연구』 44.
2010.	곽효환, 「구보 박태원의 시(詩)연구」, 『한국문예비평연구』 33.
2010.	권은, 「신민지적 어둠의 심연: 박태원의 「적멸」론」, 『한국근대문학연구』 22.
2010.	권은, 「구성적 부재와 공간의 정치학: 박태원의 「애욕」론」, 『어문연구』 38.
2010.	이은주, 「박태원 소설의 수용을 통해서 본 문학장의 구조」, 『구보학보』 5.
2010.	안미영, 「박태원의 자화상 소설에 나타난 가족주의의 의의」, 『구보학보』 5.
2010.	이경훈, 「박태원의 소설에 대한 몇 가지 주석」, 『구보학보』 5.
2010.	김미지, 「박태원의 외국문학 독서 체험과 '기교'의 탄생」, 『구보학보』 5.
2010.	김상태, 「박태원의 수필세계」, 『구보학보』 5.
2010.	박상진, 「근대 미디어로서의 극장과 식민지시대 문학 장의 동학: 탈주의 신화와 고시성의 문학─박태원의 『소설가 구보씨의 일일』에 나타난 오디세우스 주제」, 『대동문화연구』 69.
2010.	백성경, 「『천변풍경』에 나타난 '행복'의 의미를 중심으로」, 한국학중앙연구원 한국학대학원 박사논문.

2010.	김한영, 「박태원 소설의 영화적 기법 연구」, 강릉원주대 석사논문.
2010.	장뢰, 「박태원과 노사의 세태소설 비교연구: 『천변풍경』과 『사세동당(四世同堂)』을 중심으로」, 충남대 석사논문.
2010.	류재엽 외, 『박태원 안회남과 김내성, 최인호』, 빛나리.
2010.	김흥식 외, 『박태원 문학 연구의 재인식』, 예옥.
2010.	나은진 외, 『구보 박태원의 소설 다시 읽기』, 한국학술정보(주).
2010.	구보학회 편, 『박태원 문학의 현재와 미래』, 깊은샘.
2011.	강소영, 「박태원의 일본 유학 배경」, 『구보학보』 6.
2011.	이길연, 「박태원의 월북 후 문학적 변모 양상과 『갑오농민전쟁』」, 『우리어문연구』 40.
2011.	김소영, 「요코미쓰 리이치 「기계」와 박태원 「거리」의 비교」, 『일어일문학연구』.
2011.	박장례, 「박태원 소설의 문체 연구: 1930년대 소설을 중심으로」, 한국학중앙연구원 한국학대학원 박사논문.
2011.	조선희, 「『천변풍경』의 영화서사적기법 연구」, 전남대 석사논문.
2011.	강소영, 『박태원 문학과 창작방법론』, 깊은샘.

저자 박태원(朴泰遠)

1910년 1월 서울에서 태어나 경성제일고보를 졸업하고, 일본 호세이대학을 중퇴했다. 1926년 3월『조선문단』에 시「누님」이 당선되면서 처음 문단에 나오게 된 그는 1930년 일본에서 귀국 후『신생』에 단편「수염」을 발표하면서 본격적인 문단 활동을 전개해 나갔다. 이후 김기림, 이상, 이태준, 정지용 등과 함께 구인회 회원으로 활동하면서 적극적인 창작 활동을 펼쳤다. 대표작으로는「소설가 구보씨의 일일」『천변풍경』등이 있다.

1950년 한국전쟁 발발 당시 월북한 것으로 알려져 있는 그는 1961년 장편소설『갑오농민전쟁』을 구상하며 역사소설에 대한 의지를 밝혔다. 이후 뇌출혈 등으로 악화된 건강상태에도 불구하고『갑오농민전쟁』의 집필을 계속 이어나갔다.

1986년 7월 10일 작고하였다.

편저자 곽효환(郭孝桓)

1967년 전북 전주에서 나서 서울에서 자랐다. 건국대 국문과를 졸업하고 고려대 대학원 국문과에서 박사과정을 마쳤다. 1996년『세계일보』에「벽화 속의 고양이 3」을, 2002년『시평』에「수락산」외 5편을 발표하며 작품활동을 시작하였다.

시창작과 연구를 병행하며 고려대, 경기대 등에 출강하고 있고, 『대산문화』주간, 『문학나무』·『우리문화』편집위원으로 활동하고 있다. 시집『인디오 여인』(2006)『지도에 없는 집』(2010), 시론집『한국 근대시의 북방의식』(2008), 편저『아버지, 그리운 당신』(2009) 등이 있다. 현재 대산문화재단 사무국장으로 재직하고 있으며 서울국제문학포럼, 동아시아문학포럼 등의 기획에 참여하고 있다.

구보 박태원의 시와 시론

인쇄 · 2011년 10월 24일 | 발행 · 2011년 10월 31일

저 자 · 박태원
편저자 · 곽효환
발행인 · 한봉숙
발행처 · 푸른사상
주간 · 맹문재 | 편집 · 김재호 | 마케팅 · 이철로

등록 · 1999년 7월 8일 제2-2876호
주소 · 서울시 중구 초동 42번지 아시아미디어타워 502호
대표전화 · 02) 2268-8706(7) | 팩시밀리 · 02) 2268-8708
이메일 · prun21c@hanmail.net / prun21c@yahoo.co.kr
홈페이지 · http://www.prun21c.com

ⓒ 2011, 곽효환

ISBN 978-89-5640-865-1 93810
값 17,000원